A Faint Cold Fear Thrills Through My Veins
William Shakespeare

Zu diesem Buch

In den Schloßparkanlagen in Stuttgart sind in den letzten vier Wochen vier Penner mit einer Eisenstange erschlagen, mit Benzin übergossen und angezündet worden. Unter den Obdachlosen breitet sich Panik aus. Die Polizei tappt im dunkeln.
Ist der Mörder ein Verrückter, der seine Aggressionen an den Ausgestoßenen der Gesellschaft auslebt, oder steckt dahinter eine Bande von Rechtsradikalen, die Deutschland von «Gesindel» befreien will? Hauptkommissar Bienzle, der Chef der Sonderkommission «Pennermorde», läßt den Park rund um die Uhr observieren, doch bisher konnte der Täter jedesmal zuschlagen und unerkannt entkommen.
Doch nicht nur der «Pennermörder» macht Bienzle Sorgen. Bei Polizeimeister Horlacher, einem langgedienten Kollegen, kann er den steigenden Alkoholkonsum und die kaum noch vorhandene Leistung nicht mehr ignorieren. Gutgemeinte Ratschläge helfen nicht. Bienzle fühlt sich hilflos.
Als Bienzle Sonntag abend einen Spaziergang durch den Schloßpark macht, kommt ein schwarzer Hund zu ihm gelaufen. Bienzle begreift, daß der ihm etwas zeigen will. Und er führt ihn ins Gebüsch zu einer Leiche...

Felix Huby, Jahrgang 1938, ist das Pseudonym des freien Journalisten und Schriftstellers Eberhard Hungerbühler. Neben Sachbüchern und Kriminalromanen für Kinder hat er eine Reihe Kriminalhörspiele und zahlreiche Fernsehspiele geschrieben. In der Reihe rororo thriller liegen vor: Der Atomkrieg in Weihersbronn (Nr. 2411), Tod im Tauerntunnel (Nr. 2422), Ach wie gut, daß niemand weiß... (Nr. 2446), Sein letzter Wille (Nr. 2499), Schade, daß er tot ist (Nr. 2584), Bienzle stochert im Nebel (Nr. 2638), Bienzle und die schöne Lau (Nr. 2705), Bienzles Mann im Untergrund (Nr. 2768), Bienzle und das Narrenspiel (Nr. 2872) und der Storyband Bienzle und der Sündenbock (Nr. 2958).

FELIX HUBY

GUTE NACHT, BIENZLE

ROWOHLT

rororo thriller
Herausgegeben von Bernd Jost

21.–30. Tausend August 1992

Veröffentlicht im Rowohlt Taschenbuch Verlag GmbH,
Reinbek bei Hamburg, Juli 1992
Umschlagfoto Fred Dott
Umschlagtypographie Peter Wippermann / Susanne Müller
Copyright © 1992 by Rowohlt Taschenbuch Verlag GmbH,
Reinbek bei Hamburg
Satz Aldus (Linotronic 500)
Gesamtherstellung Clausen & Bosse, Leck
Printed in Germany
790-ISBN 3 499 43066 5

DIE HAUPTPERSONEN

Andreas Kerbel	liebt Videos und Computer.
Peter Kerbel	haßt alles, was nicht deutsch ist.
Oswald Schönlein	hat keine Gelegenheit mehr, zu lieben.
Anna	mußte erfahren, daß es keine Liebe unter den Menschen gibt.
Alfons Schiele	liebt sein Leben trotz allem und verliert es um ein Haar.
Charlotte Fink	spielt mit der Liebe und auch sonst.
Horst Kögel	trauert seiner großen Liebe nach.
Arthur Horlacher	hat falsche Vorstellungen von der Liebe.
Doris Horlacher	leidet, weil die Liebe verlorenging.
Hanna Mader	macht lieber Karriere.
Hauptkommissar Günter Gächter	ist das alles zu gefühlsbetont.
Kriminalobermeister Haußmann	liebt unkompliziert.
Hannelore Schmiedinger	liebt Bienzle.
1. Hauptkommissar Ernst Bienzle	liebt Hannelore Schmiedinger und die Menschen – trotz allem – immer noch.

SONNTAG

Am Abend hatte es ein wenig abgekühlt. Ein Gewitter war das Neckartal hinabgezogen, ohne Stuttgart mit seinen Regengüssen zu bedenken. Aber die Luft roch nun besser, man konnte plötzlich wieder Atem holen, ohne das Gefühl zu haben, die Lungenwände mit einer grauen Staubschicht zu überziehen. Bienzle spazierte durch die unteren Schloßparkanlagen. Er ertappte sich dabei, daß er ging wie sein Vater früher – die Hände auf dem Rücken, die Finger ineinander verschränkt, den Kopf leicht vorgeschoben. Plötzlich kam ihm schwanzwedelnd ein schwarzer Hund entgegen. Schwer zu entscheiden, was für eine Rasse es war – das Gesicht glich dem eines Neufundländers, war allerdings schmaler, das Fell langhaarig und vielfach gelockt, der Körper gedrungen, die Ohren schlappten herunter, die Augen hatten einen braunroten Schimmer. Der Hund setzte sich vor Bienzle hin und legte den Kopf schief. Er war fast so groß wie ein Schäferhund.

«Na du?» sagte Bienzle freundlich.

Der Hund hob die Pfote und legte sie behutsam auf Bienzles Knie, dann drehte er plötzlich ab, lief über den Rasen auf eine Hecke zu, blieb auf halbem Weg stehen, sah sich auffordernd um, lief noch ein paar Schritte und schaute erneut nach Bienzle.

«Willst du mir was zeigen?» fragte Bienzle.

Der Hund machte leise «Wuff» und lief wieder ein paar

Schritte. Man mußte kein Hundekenner sein, um ihn zu verstehen.

Hinter einer Hecke, eingeklemmt zwischen einem rostigen Drahtzaun und den dornenbewehrten Zweigen eines Schlehenbusches, lag ein Mann. Der Hund schniefte und ließ sich flach neben dem leblosen Körper nieder. Bienzle ging in die Hocke. Der Mann war erschlagen worden.

«Paßt nicht ganz ins Bild», sagte eine Stimme hinter Bienzle. Der Kommissar brauchte sich nicht umzudrehen, um zu erkennen, wem sie gehörte. «Nein, Gächter», sagte er zu seinem Freund und Kollegen, «diesmal haben sie ihn wenigstens nicht angezündet.»

Im Park waren außer Bienzle und Gächter noch mindestens zwei Dutzend Polizisten, teils in Uniform, teils in Zivil, ein paar von ihnen lagen auch, als Nichtseßhafte getarnt, im Gebüsch oder auf Parkbänken. Keiner hatte etwas bemerkt, und das paßte nun allerdings sehr wohl ins Bild. Vier Penner waren in den letzten vier Wochen überfallen und brutal umgebracht worden. Der Täter hatte alle vier mit einer Eisenstange im Schlaf erschlagen, mit Benzin übergossen und angezündet. Bis jetzt fehlte noch jede Spur von ihm.

Ein Grüppchen der Parkbewohner hatte sich in sicherem Abstand versammelt. Bienzle schlenderte zu ihnen hinüber. Der Hund ließ keinen Blick von ihm und blieb ihm auf den Fersen.

Einer der Nichtseßhaften sagte: «Da steckt nicht bloß einer dahinter, das muß eine ganze Organisation sein.»

«Ich schlafe jedenfalls nicht mehr in den Anlagen», sagte ein anderer.

Eine Frau mit einer häßlich kratzigen Stimme rief hämisch: «Ja, wo denn sonst? Drüben im Interconti, hä? In der Fürstensuite?»

Der Penner, der zuerst gesprochen hatte, fixierte Bienzle und den schwarzen Hund.

«Der Hund hat dem Oswald gehört», sagte der Nichtseßhafte, der wohl so etwas wie der Wortführer der kleinen Gruppe war.

«Ja, genau, du hast recht, Alfons, das ist dem Oswald sein Balu», ließ sich ein anderer hören.

«Der Hund ist sozusagen der einzige Zeuge», meinte jener, der mit Alfons angesprochen worden war.

Die Frau spuckte aus: «Ein feiges Vieh!»

Alfons musterte Bienzle aus schmalen Augen. «Der Balu würde den Täter vielleicht erkennen – am Geruch!»

Bienzle mußte unwillkürlich lächeln. Er beugte sich zu dem Hund hinunter und kraulte ihm das Fell.

Alfons hatte wieder das Wort. «Die finden uns überall, Anna», sagte er zu der Frau mit der krächzenden Stimme. «Die kennen sich aus.»

Bienzle war nun vollends zu den Pennern getreten. Er öffnete seine Zigarilloschachtel und bot Alfons und dem anderen Mann eines an. Aber nur Anna griff zu.

«Haben Sie den Mann gekannt?» fragte der Kommissar freundlich.

«Ja sicher, das war der Oswald.»

«Oswald, wie weiter?» wollte Bienzle wissen.

«Keine Ahnung.»

«Und die anderen – haben Sie die gekannt?»

«Was denn für andere?»

«Die anderen, die umgebracht worden sind.»

«Hier kennen sich alle.»

«Gibt's da irgendwelche Gemeinsamkeiten bei den Opfern?»

«Gemeinsamkeiten haben wir alle.»

«Darüber hinaus, meine ich.»

Alfons schüttelte nachdrücklich den Kopf.

«Doch, doch», krächzte Anna, «die haben alle alleine geschlafen. Wir schlafen immer zusammen.»

«Aha», sagte Bienzle.

Annas zerstörtes Gesicht bekam einen koketten Ausdruck. «Nicht, was Sie denken...» Sie lachte, daß es einen frieren konnte.

«Warum fragen Sie überhaupt?» wollte Alfons wissen.

Anna konnte nur den Kopf schütteln. «Riechste denn das nicht, daß das ein Kriminaler ist?»

Über den Killesberg schob sich eine schwarze Wolkenwand. Ein fahles Wetterleuchten und das dumpfe Grollen des Donners kündigten das nächste Gewitter an. Der Hund drängte sich gegen Bienzles Beine. Drüben bei dem Schlehengebüsch wurde die Leiche in einen Blechsarg verladen.

«Gehen wir in die Unterführung», sagte Alfons mit einem Blick zum Himmel. Die drei Nichtseßhaften bückten sich, um ihre wenigen Habseligkeiten zusammenzusuchen. Alfons richtete sich noch mal auf. «Warum tun die das?» fragte er, ohne Bienzle anzusehen, «warum nehmen die uns unseren allerletzten Besitz?»

Bienzle sah Alfons an. Er mochte 50, vielleicht auch 55 Jahre alt sein, trug ein Jackett, das sicher einmal teuer gewesen war. Jetzt wirkte der Stoff dünn und fadenscheinig. Alfons' Gesicht war vom Alkohol gezeichnet, aber es war noch zu erkennen, daß dieser Mann einmal bessere Zeiten gesehen hatte. Freilich, auf wen unter den Nichtseßhaften traf das nicht zu?

«Was meinen Sie?» fragte Bienzle.

«Ja, sie nehmen uns unseren allerletzten Besitz: unser Leben. Aber warum?»

«Wenn wir das wüßten», sagte Bienzle und kramte seinen Geldbeutel hervor – «wenn wir das wüßten, wären wir mit der Aufklärung dieser hinterhältigen Mordserie schon ein ganzes Stück weiter, glauben Sie mir!» Er zog einen Geldschein aus dem Portemonnaie und streckte ihn Alfons hin.

«Als ob Sie sich damit loskaufen könnten», sagte der.

«Ich weiß, daß das nicht geht.» Bienzle wendete sich ab und ging davon. Über die Schulter sagte er: «Und passet a bißle auf euch auf!» Tief in Gedanken stapfte er den Kiesweg hinunter. Ein böiger Wind kam auf und trieb dürre Blätter vor sich her. Die ersten Herbsttage kündigten sich an. ‹Wer jetzt kein Haus hat, baut sich keines mehr›, ging's Bienzle durch den Kopf. ‹Wer jetzt allein ist, wird es lange bleiben.›

Es war nicht das erste Mal, daß er es mit Nichtseßhaften zu tun hatte. Und wieder mußte er, wie damals in Erlenbach, daran denken, was wohl mit ihm hätte geschehen müssen, um zu denen zu gehören, die jetzt im Park, unter den Brücken und in den Unterführungen hausten – ohne Aussicht auf eine Rückkehr in das bürgerliche Leben, aus dem doch viele von ihnen kamen –, wie wenig wohl fehlte, um von der einen Seite des schmalen Grates auf die andere zu geraten.

Auf dem Weg lag eine zerrissene, von der Nässe ausgelaugte Zeitungsseite. Bienzle konnte einen Teil der Schlagzeile lesen, und es war nicht schwer für ihn, sie zu vervollständigen. «Jede Woche stirbt ein Penner – Die Polizei tappt im dunkeln.»

Eine Frau kam Bienzle entgegen. Sie trug schwer an vier Plastiktaschen. Über ihrem Kopf kreisten gut zwei Dutzend Rabenkrähen, zu denen ständig neue kamen. Die Frau stellte ihre Taschen ab und griff mit beiden Händen in eine davon. Die Vögel begannen zu schreien. Mit Schwung warf die Frau Brotbrocken in die Luft und sah zu, wie sich die Krähen darum balgten. Dann streute sie das Futter aus ihren Taschen unter Büsche und Bäume – sie tat das mit ruhigen, scheinbar genau abgezirkelten Bewegungen. Dabei redete sie leise vor sich hin. Bienzle trat zu ihr. «Was machen Sie denn da?»

Die Frau sah ihn an. «Niemand kann wissen, wer die sieben sind.»

In Bienzle stieg eine Ahnung auf.

«Sie meinen die sieben Raben?»

«Sieben Raben, sieben Brüder.»

Der Kommissar erinnerte sich. «Haben Sie denn auch schon angefangen, jedem von ihnen ein Hemd zu nähen?»

Die Frau nickte ernsthaft. «Vielleicht sind alle unsere Brüder», sagte sie.

Bienzle lächelte. «Der heilige Franziskus wäre dieser Meinung gewesen.»

Die Krähen schrien aus vollem Hals. Das Futter war verbraucht. Die Frau bückte sich nach einer ihrer Taschen. Schreiend stießen die Vögel herab und flatterten gierig dicht über ihrem Kopf.

Die Frau trug einen teuren Mantel und eine Baskenmütze aus feinem Pelz. «Ich muß mich um sie kümmern», sagte die Frau ernst zu Bienzle.

Der Kommissar nickte. «Man muß sich aber auch um die Menschen kümmern», sagte er und sah zu der Gruppe der Penner zurück, die in der Unterführung verschwand.

Präsident Hauser hatte ihn zum Chef der Sonderkommission «Pennermorde» gemacht. Bienzle war das wie Spitzgras. Er haßte es, eine größere Zahl von Menschen zu kommandieren. Bienzle trat nach dem Zeitungsblatt und traf den Hund, der aufjaulte und den Schwanz zwischen die Hinterbeine zog.

«Paß halt auf, du blöder Köter», schimpfte Bienzle, entschuldigte sich aber sofort: «Tut mir ja leid, ich hab dich nicht g'sehen!» Und danach erst wunderte er sich: «Was tust du überhaupt noch da? Geh doch zu den anderen. Ich mein, zu dem Alfons und der Anna!»

Bienzle drehte sich um, aber die Penner waren verschwunden. Der Park war wie leer gefegt. Auch die Beamten waren abgezogen. Die Wolkenwand stand nun direkt über der Stadt und hatte eine gelbe Abrißkante, die in Zacken über den grauschwarzen Himmel lief. Ein Blitz jagte eine lange Bahn hinab,

krachend folgte der Donner nach wenigen Sekunden. Der Hund schmiegte sich an Bienzles Knie. Erste Tropfen fielen. Am Anfang machte noch jeder sein eigenes Geräusch. Doch dann prasselte ein dichter Regen los. Bienzle begann zu rennen. Er hielt auf einen Kiosk zu, dessen Dach weit vorgezogen war. Die wenigen Meter durch den Regenguß reichten, um Bienzle bis auf die Haut zu durchnässen. Auch das Fell des Hundes triefte. Jetzt erst sah man, wie dünn das Tier war. Zitternd hockte es neben Bienzle und wimmerte leise. Vielleicht wurde ihm erst jetzt der Verlust seines Herrn bewußt. Durch die Regenschleier sah Bienzle einen alten Mann auf zwei Krücken über den äußeren Parkweg humpeln. Man sah ihn nur als Schatten. Zwischen Bienzle und dem humpelnden Alten lagen gut 300 Meter Wiese mit Büschen und Bäumen. Auch der kräftige, untersetzte Mann, der dem Alten folgte, war durch den dichten Wasservorhang nur schemenhaft zu erkennen. Er beschleunigte plötzlich seine Schritte und schloß zu dem Mann mit den Krücken auf. Bienzle hielt den Atem an. Ein Blitz zuckte über den Himmel und erhellte einen Augenblick lang die Szene grell. Der zweite Mann holte mit dem Fuß aus und trat eine der Krücken weg. Der Alte stürzte. Der andere ging weiter, als ob nichts gewesen wäre, drehte sich nach ein paar Schritten um und bewegte sich rasch auf den Gestürzten zu, um ihm – scheinbar freundlich – aufzuhelfen. Der Hund zu Bienzles Füßen knurrte und entblößte sein kräftiges Gebiß. «Saukerle elender», sagte Bienzle.
Er blieb unbeweglich stehen, bis der Regen nachließ. Dann stieß er sich von der Wand des Kiosks ab und ging mit schnellen Schritten davon. Der Hund blieb bei ihm. «Hau doch ab, such dir einen andern Herrn», fuhr Bienzle ihn an, aber der Hund schien fest entschlossen, bei ihm zu bleiben. Bienzle war froh, als er eine Autostreife traf, der er das Tier übergeben konnte. Balu ließ sich nur höchst widerwillig in den Polizeiwagen zerren.

MONTAG

Haußmann, Bienzles jüngster Mitarbeiter, der schon seit ein paar Jahren als großes Talent galt, dozierte grade, als Bienzle am Montagmorgen das Konferenzzimmer betrat, das der Sonderkommission als Kommandozentrale und Großraumbüro diente: «Der Täter hat sich also in allen vier Fällen offensichtlich durch lange, geduldige Beobachtung vergewissert, daß außer seinem jeweiligen Opfer und den anderen, tief schlafenden Nichtseßhaften weit und breit niemand in der Nähe war. Er pirschte sich von hinten an das Opfer heran, tötete es mit einem gezielten Schlag, übergoß es mit Benzin und zündete es an. Wir haben eine exakte Übereinstimmung bei den ersten vier Attentaten. Das fünfte, gestern abend, fällt freilich aus der Reihe, woraus wir schließen können, daß es nicht derselbe Täter gewesen sein muß. Vielmehr müssen wir bereits jetzt schon mit Nachahmungstätern rechnen, mit sogenannten Trittbrettfahrern also...» Bienzle nickte. Er war mit seinem Musterschüler zufrieden.

Während Haußmann weiterredete, fiel Bienzles Blick auf Hanna Mader. Sie war ihm von Hauser neuerdings zugeteilt worden. «Eine Frau mit ganz außerordentlichen Qualitäten», hatte der Präsident gesagt. Einige dieser Qualitäten waren auf den ersten Blick zu erkennen. Frau Mader war erstaunlich gut gewachsen, konnte ohne weiteres auf einen Büstenhalter verzichten, was sie auch tat, hatte langes, seidenweiches Haar und sehr blaue, leicht schräg stehende Augen. Sie war nur um

15

wenige Zentimeter kleiner als der 1,90 Meter große Bienzle, dessen freundliches Interesse an der schönen Polizistin just in diesem Augenblick in vorübergehende Ablehnung umschlug, als sie nämlich sagte: «Ich weiß nicht, warum wir uns so ungeheuer engagieren – eigentlich müßten wir doch froh sein für jeden dieser Penner, den wir los sind!»

«Saudumm's G'schwätz!» entfuhr es Bienzle. Alle schauten sich nach ihm um. «Wahrscheinlich sind Sie auch für Arbeitslager oder sonstige Kasernierungslösungen.»

«Ich wollte damit nur sagen, daß die Motivation, den Mörder zu finden, in diesem Fall nicht so ausgeprägt...»

Bienzle unterbrach sie. «Gestern abend hat mich einer von denen gefragt, warum der Mörder ihnen das einzige nehmen wolle, was sie noch besitzen – ihr Leben. Vielleicht denken Sie da mal drüber nach, Frau Kollegin, es könnt' ja sein, daß das als Motivation genügt!» Wütend wendete sich Bienzle ab und ging hinaus.

«Ja, und jetzt?» fragte der Polizeiobermeister Horlacher, der zu jenen gehörte, die meinten, ohne Chef gehe nichts.

«Wenn Sie erlauben, fahre ich fort», sagte Haußmann, während sich Frau Mader an Gächter wendete: «Das ist nun also der berühmte Kommissar Bienzle?»

Gächter lächelte sie an, holte sein Tabakpäckchen und Zigarettenpapierchen heraus und begann in aller Gemütsruhe eine Zigarette zu drehen. «Mhm», machte er, «immer für die eine oder andere Überraschung gut!»

«Ja, finden Sie das denn gut, wie er sich grade benommen hat?» fragte die Neue.

«Finden Sie gut, wie Sie sich benommen haben?» fragte Gächter dagegen und stieß sich von dem Türbalken ab, an dem er lehnte, um den Platz zu wechseln.

Bienzle ging in sein Büro. Die Verwaltung hatte ihm schon dreimal angeboten, den Raum neu auszustatten. Doch der

Kommissar hatte auf seinen alten Möbeln bestanden. Er war nur damit einverstanden gewesen, daß die Wände neu gestrichen wurden. Jetzt ärgerte er sich; denn die Verwaltung hatte sich – nur um ihm eins auszuwischen, wie Bienzle hartnäckig behauptete, für ein Gelb entschieden, das den Kommissar an Hühnerscheiße erinnerte. Ob er denn überhaupt wisse, wie Hühnerkot aussehe, hatte ihn der Verwaltungschef gefragt. Bienzle schenkte sich die Antwort, schließlich war er auf dem Dorf aufgewachsen. Bienzle ließ sich in seinem hölzernen Schreibtischsessel nieder, der ein knarrendes Geräusch von sich gab, als ob er sich über das Gewicht des Kommissars beschwerte.

Die Kommission arbeitete nun seit sechs Wochen. Ergebnis gleich Null. Tausenden von Hinweisen aus der Bevölkerung waren die Beamten nachgegangen – kein einziger hatte die Ermittler weitergebracht.

Bienzle hakte die Daumen in den Hosenbund und streckte die Füße von sich. Er stieß gegen etwas Weiches. Der Hund Balu hatte es sich unter dem Schreibtisch bequem gemacht. Offenbar hatten die Beamten ihn einfach hier abgeladen.

Bienzle streifte die Schuhe ab und schob seine Füße ins Fell des Tieres. Die angenehme animalische Wärme, die von dem Hund ausging, empfand er als wohltuend.

Horlacher kam herein. Der Hund schlug kurz an.

«Hat er dich jetzt adoptiert?» fragte Horlacher.

«Sieht ganz so aus.»

«Der Haußmann hat einen Dienstplan fürs nächste Wochenende g'macht.»

Bienzle sah auf. «Ja, und?»

«Das ist jetzt das zweite Mal in dem Monat, daß er mich für Samstag und Sonntag einteilt.»

«Na ja», Bienzle hob die Schultern, «mich trifft's ja auch.»

«Trotzdem!» Horlacher ließ sich in den Stuhl fallen, der vor Bienzles Tisch stand und in dem in aller Regel die Verdächtigen saßen, die Bienzle zu verhören hatte. Der Hund knurrte.

«Der mag dich nicht», stellte Bienzle fest.

«Ich mag auch keine Hunde», gab Horlacher zurück. Er zog einen Flachmann aus der Tasche, schraubte ihn auf, sagte, als ob dies alles erklären würde, «es ischt scho saukalt drauße», und nahm einen kräftigen Schluck.

Bienzle sah es mit hochgezogenen Augenbrauen, sagte aber nichts.

«Dieser Neuen hast du's ganz schön gegeben», sagte Horlacher.

«Ja, ich geh dann mal.» Bienzle hatte keine Lust darauf, sich weiter mit Horlacher zu unterhalten.

Der Hund sprang auf und schüttelte sein Fell. Er sah Bienzle fragend an. «Also gut, dann komm halt», brummte der Kommissar.

Es hatte wieder zu regnen begonnen. Bienzle nahm die S-Bahn am Uff-Friedhof und fuhr bis zum Neckartor. Zufrieden registrierte er, daß der Hund offensichtlich gelernt hatte, Straßenbahn zu fahren. Nur er selbst hatte noch etwas hinzuzulernen: Balu kostete den halben Fahrpreis, und weil der nicht entrichtet war, verlangte eine junge Kontrolleurin 40 Mark Strafe von ihm.

«Erstens», sagte Bienzle, «kenn ich den Hund erst heut. Zweitens gehört er mir gar net, und wenn er mir, drittens, doch g'höre würde, wär's ein Polizeihund im Einsatz.»

Er zog seinen Ausweis und hielt ihn der jungen Frau unter die Nase. Balu sah an seinem neuen Herrn hinauf und schien ihm anerkennend zuzublinzeln.

Bienzle setzte sich. Der Hund drängte sich zwischen seine Knie. «Jetzt wär's bloß recht und billig», sagte Bienzle zu dem Tier, «wenn du den Mörder finden würdest. Du mußt ihn doch kennen.»

18

Man konnte sich bei einem solchen Tier ja täuschen. Aber der Hund schien eine deutlich ablehnende Miene aufgesetzt zu haben.

«Als ob's nicht auch so schon kompliziert genug wäre», sagte Bienzle zu sich selber, als er aus der S-Bahn stieg. Er ging den schneckenförmigen Aufgang hinauf. Es stank nach Urin. An der Wand stand in ungelenk hingesprühten Buchstaben: «Wetten, daß bei denen da oben dort unten nichts mehr läuft.» Und drunter: «Haut die Glatzen, bis sie platzen.»

Bienzle dachte an das Gespräch mit dem Präsidenten. «Wenn wir nicht bald einen Erfolg vorweisen können», hatte der gesagt, «wird's finster, ganz finster!»

Bienzle war ganz ruhig geblieben. «Was wir brauchen, Präsident, ist Geduld, viel Geduld!»

«Aber rasch!» war der ihm in die Parade gefahren. «Sehr rasch, möglichst sofort.» – Erst als er langsam begriff, was er da gesagt hatte, hatte er angefangen zu lachen. Bienzle hatte sich ein Schmunzeln gegönnt.

Die Dämmerung war der Nacht gewichen. Der Park war wie ausgestorben. Eine Polizeistreife kam ihm entgegen. Die Beamten erkannten ihn und grüßten lässig. Bienzle nickte nur.

Der Hund lief nun voraus. Der Kommissar, der ohnehin kein Ziel hatte, folgte ihm. Sie kamen an zwei Kiosken vorbei, die durch ein Flachdach miteinander verbunden waren. Unter dem Dach lagen dicht aneinandergedrängt vier oder fünf Penner. Die Zahl war nicht genau auszumachen.

Ein Wind kam auf. Er schüttelte die Bäume und warf welkes Laub herab. Der Hund blieb stehen und reckte seine Schnauze in die Luft. Die Ohren hatte er jetzt ein wenig angehoben. Ein Zittern durchlief seinen Körper. Er zog die Lefzen über den Zähnen zurück. Tief aus seiner Kehle kam ein bedrohliches Knurren. Bienzle war mit ein paar schnellen Schritten neben ihm. ‹Ich werd eine Leine kaufen müssen›, ging es ihm durch den Kopf. Er griff nach dem Halsband.

«Ruhig, ganz ruhig.» Bienzle kraulte dem Tier den Kopf. Für einen Augenblick verstummte das Knurren. Schritte waren zu hören und ein leises Klatschen, wie wenn nasse Zweige gegeneinanderschlagen.

Bienzle ging dem Geräusch nach. Mitten auf der Wiese, die vor ihm lag, bildeten eng beieinanderstehende Rhododendronbüsche, die mit niedrigen Kiefern und Tannen durchsetzt waren, ein dichtes Gestrüpp, das wie ein Hügel in der Dunkelheit lag. Dort brannte ein kleines Feuer, das seine flackernde Helligkeit gegen eine Zeltplane warf. Ein paar der Stadtstreicher hatten sie auf Stöcke gespannt, um sich vor dem Regen zu schützen.

Keine fünfzig Meter davon entfernt stand eine Bank, auf der ein Bündel lag – vermutlich einer der Nichtseßhaften, der es vorzog, für sich alleine zu schlafen. Rechts von Bienzle zog sich eine Ligusterhecke am Weg entlang. Dorthin zog es den Hund. Von dem Feuer her klang gleichförmiges Gemurmel. Ein Korken wurde mit lautem Pflopp aus einem Flaschenhals gezogen.

Der Wind nahm zu. Der Sprühregen ging in Bindfadenregen über. Bienzles Schuhe patschten in Pfützen. Das nasse Fell des Hundes verströmte einen unangenehmen Geruch.

Aus der Ligusterhecke trat ein Mann. Er sah sich sichernd um. In der rechten Hand hielt er einen Stab oder etwas Ähnliches. Oswald ist mit einer Eisenstange erschlagen worden, fuhr es Bienzle durch den Kopf. Der Mann ging langsam auf die Bank zu, auf der unbeweglich das Bündel Mensch lag. Bienzle ließ den Hund los. Wie an der Schnur gezogen schoß das Tier über die Wiese und auf die einsame Gestalt zu, die jetzt nur noch wenige Schritte von der Parkbank entfernt war.

Der Mann verhielt den Schritt und wendete sich dem Hund zu, der ihn in diesem Moment erreichte und wild zu bellen begann. Der Mann holte mit der Stange aus. Der Hund zog den Schwanz zwischen die Hinterbeine und begann zu wimmern. Der Mann holte weiter aus. Bienzle zog seine Walter PK.

Der Hund lag nun flach auf dem Boden und schob seinen Körper vorsichtig rückwärts. Bienzle entsicherte die Waffe. Der Mann schlug zu. Balu sprang zur Seite. Bienzle schoß in die Luft. Der Mann, der erneut ausholen wollte, hielt mitten in seiner Bewegung inne.

«Keinen Schritt weiter», rief Bienzle und rannte durch das nasse Gras auf ihn zu. Von ferne hörte man das Martinshorn eines Polizeiwagens, dazwischen laute Stimmen. Der Mann löste sich aus der Erstarrung, fuhr herum und wollte losrennen, aber da erfaßte ihn das helle Licht einer starken Taschenlampe. «Hände hoch!» Bienzle erkannte Horlachers Stimme.

Als der Kommissar die beiden erreichte, klickten schon die Handschellen. «Was machst denn du hier?» fragte Bienzle seinen Kollegen.

«Das gleiche wie du!» antwortete der.

In der Tat hatten beide an diesem Abend keinen Dienst.

Sekunden später war der Park voller Leben. Im zuckenden Blaulicht von drei Polizeiautos versammelten sich gut ein Dutzend Beamte und mindestens genau so viele Nichtseßhafte um Bienzle, Horlacher und den festgenommenen Mann. Der war etwa 25 Jahre alt, schlank und groß gewachsen. Seine glatten schwarzen Haare hatte er straff nach hinten gekämmt. Im Nacken kräuselten sie sich zu kleinen Löckchen. Das Gesicht war unnatürlich hell. Die schmalen Lippen verliefen in den Mundwinkeln nach unten, was dem Gesicht einen Ausdruck von Überheblichkeit gab. Bienzle fielen die wäßrigen grauen Augen und die schönen schmalen Hände auf.

Der junge Mann hieß – wie seine Papiere auswiesen – Andreas Kerbel, war am 15. April 1967 geboren und wohnte in der Bergstraße 161 in Stuttgart 1. Er lachte nervös. «Wird man neuerdings schon verhaftet, wenn man sich nachts gegen einen streunenden Hund wehrt?»

Bienzle hob die Eisenstange auf. Sie war braun vom Rost und mit einem Geflecht dünner Eisenlinien überzogen. – Ein Armiereisen offenbar.

«Und für den Fall, daß ein streunender Hund kommt, tragen Sie immer so eine Eisenstange mit sich herum?» Bienzle sah zu der Bank hinüber. In das Bündel war Bewegung gekommen. Aus Decken, Mänteln und Lumpen schälte sich eine Gestalt, raffte alles zusammen und ging davon – zweifellos eine junge Frau, in deren Gang zudem etwas Herausforderndes lag. Diese Pennerin ging nicht mit nach vorne fallenden Schultern und eingezogenem Kopf wie die meisten ihrer Leidensgenossen. Sie schritt davon – als ob es Wind und Regen und den ganzen Aufruhr ringsum nicht gäbe. Hatte es der Verhaftete auf diese Frau abgesehen gehabt?

Horlacher leuchtete den Stab ab. «Anfänger», entfuhr es ihm.

«Mit genau so einem Stab ist in der letzten Nacht ein Mann erschlagen worden – keine 100 Meter von hier entfernt», sagte Bienzle.

«Sie meinen mit der Eisenstange da?» Andreas Kerbel lachte schon wieder dieses nervöse Lachen.

«Na ja, die von gestern liegt ja vermutlich im Neckar oder im Nesenbach», meinte der Kommissar.

«Gehen wir.»

«Wohin?» wollte der junge Mann wissen.

«Zu Ihnen nach Hause.»

Die anderen Polizeibeamten sahen Bienzle überrascht an. «Ja aber», sagte einer von ihnen, «der Staatsanwalt Maile ist schon benachrichtigt und auf dem Weg ins Präsidium.»

«Soll er halt a bißle warte», antwortete der Kommissar gemütlich, faßte Kerbel unter wie einen guten alten Bekannten und ging zum nächsten Polizeiauto.

«Und das Viech da?» fragte Horlacher.

«Der Hund heißt Balu, Polizeiobermeister Horlacher», wies Bienzle den Kollegen zurecht und komplimentierte den Hund in das Polizeiauto, wo er die nächsten zwei Stunden friedlich schlief.

Andreas Kerbel bewohnte ein Zweizimmerappartement in einem langgezogenen, achtstöckigen Betonklotz. Die Jalousien waren heruntergelassen. Er ziehe sie nie hoch, auch am Tage nicht, antwortete Kerbel auf Bienzles Frage – «wozu auch?» Den Tag über sei er im Büro und am Abend beschäftige er sich mit seinem Computer oder mit Videos.

Bienzle spreizte mit Daumen und Zeigefinger zwei Lamellen der Jalousie auseinander. Der Blick ging auf die Innenstadt hinab – mittendrin der Schloßgarten, wo die schrecklichen Morde geschehen waren.

Der Wohnraum war mit einem riesigen Fenster, zwei Videoanlagen, einer teuren Stereoanlage und einer Ansammlung lila bezogener Kissen eingerichtet, aus denen Kerbel blitzschnell einen Sessel für Bienzle zusammengeschichtet hatte, als sie den Raum betraten.

Das zweite Zimmer beherbergte nicht mehr als ein riesiges Bett und einen quadratischen schwarzen Kasten aus Kunststoff und Glas, der als Kommode und Nachttisch diente. Ein Kleiderschrank stand im Korridor.

Bienzle hatte dem jungen Mann schon im Auto die Handschellen abgenommen.

«Aber das machen Sie doch nicht jeden Tag?» fragte er.

«Was denn?»

«Computer und Videos.»

«Warum denn nicht?»

«Auch sonntags?»

«Schaffe ich manchmal acht, neun Filme!»

«Keine Freunde?»

«Ich brauch niemand.»

«Das stimmt nicht», sagte Bienzle lakonisch. Ihm fiel ein, daß er erst kürzlich das Ergebnis einer Umfrage gelesen hatte, der zufolge 37 Prozent aller Menschen zwischen 20 und 35 Jahren angegeben hatten, keinen Freund oder nahestehenden Menschen außer den nächsten Verwandten zu haben.

«Jeder Mensch braucht andere Menschen!»

Kerbel zuckte nur die Achseln.

«Was arbeiten Sie denn?» fragte der Kommissar.

«Ich bin bei einer Bank.»

«Aah», entfuhr es Bienzle. «Das heißt also: Sie gehen morgens um halb neun...»

«Um acht», verbesserte ihn Kerbel.

«Also um acht gehen Sie aus dem Haus, arbeiten bis...?»

«16.30 Uhr.»

«Dann gehen Sie am Videoladen vorbei, versorgen sich für den Abend, fahren nach Hause und ziehen sich die Videos rein – so sagt man ja wohl heute.»

Der junge Mann nickte. «So ungefähr. Aber ich beschäftige mich mehr mit meinen Computerprogrammen.»

«Computer und Video, das reicht Ihnen also?»

«Und was interessiert Sie daran?»

«Wie Sie leben. Es muß ja Gründe dafür geben, daß Sie mitten in der Nacht losziehen, von irgendeiner Baustelle ein Stück Armiereisen mitgehen lassen und unschuldige Menschen erschlagen.»

«Sie verdächtigen mich tatsächlich...?»

Bienzle sah den jungen Mann unter seinen buschigen Augenbrauen hervor an.

«Das dauert keine zwei Stunden, und Sie haben den Mord gestanden, falls Sie ihn begangen haben.»

«Mord!» Kerbel spuckte das Wort förmlich aus.

24

«Ja, Mord!» sagte Bienzle mit großem Nachdruck.

«An einem Penner, einem Niemand, einem Unbekannten!» Kerbel sprach voller Verachtung.

«Für den Hund war dieser Oswald sein ein und alles.»

«Ein Hund!» Kerbel machte eine wegwerfende Handbewegung.

«... ist auch eine Kreatur!» Bienzle stand auf und ging in dem Raum auf und ab. Kerbel lag mehr, als er saß, auf einer Ansammlung von Kissen. Schließlich blieb Bienzle breitbeinig vor ihm stehen. «Warum wehren Sie sich nicht?»

«Mir kann eh nichts passieren.»

«Wo waren Sie gestern abend zwischen 23.30 Uhr und 24.00 Uhr?»

«Hier!»

«Und dafür gibt's natürlich keine Zeugen.»

«Man lebt sehr anonym hier – Gott sei Dank!»

Bienzle nickte nur. «Wie ist der Kontakt zu Ihren Eltern?»

«Absolut normal!»

«Und was versteht man darunter?»

Kerbel lachte ein bißchen. «Ich besuche sie manchmal. Sie wohnen ja nur zwei Straßen weiter. Meine Mutter hat mir diese Wohnung hier beschafft.»

Es klingelte an der Tür. Kerbel reagierte überrascht. Bienzle registrierte es. «Ach ja», sagte er, «Sie kriegen ja nie Besuch.» Der Kommissar öffnete. Draußen stand Horlacher. Er hielt eine große durchsichtige Plastiktüte in der Hand, in der ein Stück Armiereisen steckte, das genau so aussah wie jenes, mit dem Kerbel nach dem Hund geschlagen hatte.

«Was i g'sagt hab», schnaufte Horlacher, «ein Anfänger. Des da haben wir in seinem Kofferraum g'funde.»

«Spuren?» fragte Bienzle.

«Jede Menge: Blut, Hautfetzen, Haare. Seine Fingerabdrücke sind garantiert auch mit drauf.»

Bienzle wendete sich wieder dem jungen Mann zu.
«Sie haben's g'hört!»
Kerbel nickte. Er war bleich geworden, aber er saß noch immer ganz ruhig da.
«Fragt sich bloß, warum er ihn diesmal nicht angezündet hat», sagte Horlacher.

Bienzle ging zu Fuß nach Hause. Es hatte aufgehört zu regnen. Der Hund, der im Polizeiwagen brav auf ihn gewartet hatte, trottete hinter ihm her und schlenkerte mit seinen wuscheligen Pfoten die Nässe und den Straßendreck in sein langhaariges Fell. Wie sie da so nebeneinander gingen, sahen sie aus, als ob sie schon seit Jahren zusammengehörten.
Es war schon nach zehn Uhr, als Bienzle die Tür aufschloß. Hannelore kam aus ihrem Arbeitszimmer. Der Hund stand im Flur. Gleichmäßig tropfte das schmutzige Naß auf den Dielenboden.
«Was ist denn das?» rief Bienzles Freundin entsetzt.
«Ein Hund, sieht man doch. Darf ich bekannt machen: Balu, und das ist Hannelore Schmiedinger, mei Frau – sozusage.»
Der Hund hob die dreckige Pfote. Hannelore konnte nicht widerstehen. Sie ging vor dem Tier in die Hocke. «Na, du», sagte sie, «der Ernst wird dir doch hoffentlich nicht versprochen haben, daß du hierbleiben kannst.»
Der Hund tapste mit seiner Pfote auf Hannelores Knie und legte den Kopf schief. Bienzle hatte einen Putzlappen geholt und versuchte, das Fell trockenzureiben. «Er wird Hunger haben», sagte er.
Im Kühlschrank fand er zwei Paar Rote Würste, die er dem Hund fütterte, anschließend gab er ihm einen Teller mit Wasser. «Er hat immerhin einen Mörder g'fange», sagte Bienzle.

DIENSTAG

Am anderen Morgen sah Bienzle schon auf dem Weg ins Büro die Schlagzeilen in den Boulevardblättern. «Pennermörder gefaßt.» Er las auch ein paarmal seinen Namen in großen Lettern. Er hätte lügen müssen, wenn er behauptet hätte, das sei ihm unangenehm.

Im Präsidium empfingen ihn die Kollegen in aufgeräumter Stimmung. Endlich ein Fahndungserfolg. Was spielte es da für eine Rolle, daß es der schiere Zufall gewesen war.

«Gratuliere!» sagte Gächter mit einem schiefen Grinsen.

«Da arbeitet eine riesige Sonderkommission sechs Wochen lang rund um die Uhr, und du nimmst den auf einem Spaziergang fest.»

«Er ist es ja nicht», knurrte Bienzle. «Für die ersten vier Morde kommt er nicht in Frage.»

«Die Zeitungen schreiben aber...»

«Seit wann glaubst du, was in den Zeitungen steht?» Bienzle ließ sich schwer in seinen Sessel fallen, dann wählte er drei Nummern und sagte: «Den Kerbel vorführen... nein, bei mir im Büro.»

Horlacher kam herein. «Was hast denn mit dem Hund g'macht?»

«Hannelore bringt ihn heute noch ins Tierasyl. Ich kann doch so ein Vieh nicht halten.» Er sah todunglücklich aus, als er das sagte.

Eine Viertelstunde später führten zwei uniformierte Beamte Kerbel herein. «Nehmen Sie ihm bitte die Handschellen ab», wies Bienzle sie an. Und zu Kerbel: «Setzen Sie sich.»
Er gab den Beamten einen Wink, sie sollten draußen warten, goß aus einer Thermoskanne Kaffee für sich und Kerbel ein und schob die Tasse über den Tisch. Kerbel setzte sich auf die vordere Kante des Stuhls Bienzle gegenüber. Der Kommissar fuhr sich mit gespreizten Fingern durchs Haar, nahm ein Zigarillo aus der Schachtel und zündete es umständlich an. Er sagte lange nichts. Draußen regnete es schon wieder. Schließlich brummte Bienzle: «Ein Sauwetter ist das!» Er nippte an seinem Kaffee und sah dabei Kerbel über den Tassenrand hinweg an. Schließlich sagte er: «Sinnlos! Ein absolut sinnloser Mord.»
Er zog den Bericht der Spurensicherung zu sich heran. «Sie sind überführt, Herr Kerbel. Ob Sie jetzt noch gestehen oder nicht, ist ziemlich egal!»
Kerbel nickte.
«Nicht schön, so eine Gefängniszelle», fuhr Bienzle fort, «man muß versuchen, sich drauf einzurichten. Sinnlos auch das – das Leben hinter Gittern, mein ich.»
Kerbel starrte den Kommissar an. Die wäßrig grauen Augen blieben ausdruckslos.
«Warum?» fragte Bienzle. «Warum haben Sie's denn bloß gemacht?»
«Warum nicht?»
Bienzle sah den jungen Mann sprachlos an.
«Einer weniger von denen, was bedeutet das?»
Der Kommissar öffnete den Mund, aber er brachte fürs erste keinen Ton heraus.
«Ich wollte es machen», sagte Kerbel, «ich hab mir das schon lange vorgenommen.»
«Einen Menschen zu töten?»
«Ja, sicher!»

«Irgendeinen?»

«Ja – wobei... also, es sollte schon einer sein, bei dem der Gesellschaft als Ganzem kein Schaden entsteht.»

Bienzle brauchte Zeit, um diesen Satz zu begreifen. Dieser junge Mann hatte getötet um des Tötens willen. Nur so. Und als ob er Bienzles Gedanken bestätigen wollte, sagte Kerbel: «Es bedeutet nichts – überhaupt nichts.»

Bienzle stand auf, ging zu seinem Regal, nahm einen alten Schuhkarton heraus, in den er wahllos Zeitungsausschnitte warf, von denen er glaubte, sie könnten ihn irgendwann einmal weiterbringen. Er kramte in der Kiste herum und zerrte schließlich eine ganze Zeitungsseite heraus. Langsam, bereits lesend, ließ er sich wieder in seinem Sessel nieder. Dann zitierte er laut: «Um anonym zu bleiben, soll der ehemalige Mörder Meier heißen. Jetzt lebt er hinter Gittern, erzählt, wie er dahin kam. Erzählt von einem suchtartigen Verlangen, jemanden zusammenzuschlagen. Um Aufträge dafür habe er bei Zuhältern und Wucherern immer wieder nachgesucht. Er beherrschte Taekwondo – oder dieses ihn. Schließlich brachte er binnen kurzem zwei Menschen mit Handkantenschlägen um. Ein dritter Mordfall sei ihm zu Unrecht angelastet worden. Das Strafurteil war dreimal lebenslänglich.»

Bienzle sah auf. Kerbel sagte: «Diese Vergleiche bringen doch nichts. Jeder Mensch ist anders.»

Bienzle nickte. «Irgendwer hat einmal gesagt – vielleicht isches mir au selber eing'falle – ‹Vielleicht tötet manch einer nur, um den Triumph des Überlebens zu spüren›.» Er sah Kerbel nachdenklich an. «Die Lust zu töten steckt, glaub ich, in jedem von uns.» Er hob die Zeitungsseite hoch. «Der Artikel stand übrigens in der Süddeutschen.» Wieder sah er Kerbel an. «Hätten Sie weiter getötet?»

«Vielleicht – ich weiß nicht.»

«Aber Sie waren auf dem besten Wege dazu.»

«Ich bin oft im Park gewesen. Außerdem kann ich ihn von

meiner Wohnung aus beobachten. Ich bin dort inzwischen genauso zu Hause wie die Penner oder Ihre Polizisten. Ich habe sie alle beobachtet!»

«Ja, und?» Bienzle ließ Kerbel nicht mehr aus den Augen.

«Ich habe sie alle in meinem Computer.»

«Mit Namen?»

«Natürlich nicht. Der Tote zum Beispiel ist da unter dem Kürzel MmH drin – Mann mit Hund.» Er lächelte zufrieden. «Sie können auf einer Grafik genau sehen, wo wer wann geschlafen oder – wenn es ein Polizeibeamter war – Wache geschoben hat.»

«Und warum machen Sie das?»

«Ein Spiel. Ich habe gut 400 Videospiele. Nach einer gewissen Zeit langweilen sie dich alle.»

«Aha – Sie haben sich Ihr eigenes gemacht.»

«Genau.»

«Das Mörderspiel!»

«Es hat noch keinen Namen. Übrigens, darf man im Knast einen Computer haben?»

«Ich denke schon. – Sie haben Ihr Opfer also in einem Computerspiel ausgesucht.» Kerbel nickte. – Bienzle hatte auf dem Stuhl vor seinem Schreibtisch schon viele «Kunden», wie er sie nannte, sitzen gehabt – solche, die hartleibig logen; andere, die froh waren, wenn er sie endlich überführt hatte, weil sie dann anfangen konnten, ihre Schuld zu sühnen, und wieder andere, die ihre Verbrechen aus Lust begangen hatten und jederzeit wiederholen würden.

Noch nie war ihm ein Mensch gegenübergesessen, der so viel Gleichgültigkeit ausstrahlte.

«Sie wirken nicht besonders bedrückt», sagte Bienzle.

«Es ist eine neue Situation», gab Andreas Kerbel zurück. «Ganz interessant. Ich werde sehen», fügte Kerbel noch hinzu, «was sich daraus machen läßt.»

30

Nach dem Verhör war Bienzle wie gerädert. Er ging in die Kantine, um etwas zu essen. Man sah ihn dort nur selten. Bienzle zog es vor, in einem guten Restaurant zu speisen. Frau Mader saß alleine an einem Tisch. Bienzle schob sein Tablett neben ihres und ließ sich nieder. «Mahlzeit!»

«Hallo, Herr Bienzle.» Sie strahlte ihn an. Ebenmäßig, alles war ebenmäßig an ihr: die glatte Stirn, die schöne gerade Nase, der volle, sanft geschwungene Mund. In den Augenwinkeln schien ein verstecktes Lächeln zu hocken. Die Augen waren sehr blau. Frau Mader sah Bienzle fragend an. «Ja?»

«Bitte?»

«Es sah gerade so aus, als ob Sie mich was ganz Wichtiges fragen wollten.»

«Ich – wie komm ich dazu?» Bienzle begann zu essen und schob nach wenigen Bissen den Teller von sich.

«Wenn einer so schlecht kochen kann, könnt' er doch vielleicht auch a bißle besser koche», maulte er.

«Der Hunger zwingt's rein», antwortete die neue Kollegin. «Glückwunsch übrigens.»

«Ach hören Sie doch auf, war doch der reine Zufall. Im übrigen ist der Kerbel nicht unser Serientäter.»

«Ist das schon so sicher?»

«*Ich* bin mir sicher.»

«Warum soll er es nicht sein? Vielleicht ist ihm nur das Benzin ausgegangen.»

«In seinem Kofferraum lag ein voller Ersatzkanister.» Bienzle holte sich ein Bier, und als er Horlacher kommen sah, griff er sich gleich noch ein zweites. Horlacher holte sich sein Essen. Bienzle stellte die beiden Bierflaschen auf den Tisch und winkte ihm zu. Frau Mader zog die Augenbrauen hoch.

«Man soll Alkoholiker nicht auch noch unterstützen.»

«Ach, das haben Sie also auch schon gemerkt?»

«Na hören Sie mal, bei Horlacher ist das doch ganz offensichtlich.»

Bienzle seufzte. «Man wird ihm eine Entziehungskur aufs Auge drücken müssen.»

«Je eher – desto besser», sagte Frau Mader streng. Bienzle sah sie befremdet an, aber da stand Horlacher auch schon am Tisch.

«Ist es gestattet?» Die beiden nickten. Horlacher nahm eine der Bierflaschen, goß sich ein Glas voll und leerte es in einem Zug. «Verdammt trockene Luft hier drin», sagte er.

Bienzle mußte lächeln. Wann immer Horlacher trank, lieferte er sofort eine Begründung dazu.

«Der Kerbel hat seit Wochen die Penner und unsere Leute beobachtet», sagte Bienzle, «und alles peinlich genau in seinem Computer gespeichert. «Ich hab das schmeichelhafte Kürzel ‹duD› – der unermüdliche Dicke.»

«Also», sagte Frau Mader triumphierend, «erfüllt er immerhin eine Voraussetzung: die genaue Kenntnis des Ortes, der Personen und ihre Bewegungen.»

«Ja, genau», pflichtete ihr Horlacher bei.

«Das trifft auf uns alle drei auch zu», sagte Bienzle.

Am Nachmittag ging er in den Park. Endlich hatten sich die Gewitterwolken verzogen. Die Luft war kühl und klar. Bienzle ging langsam. Die Nichtseßhaften standen in Grüppchen beisammen. Einige von ihnen grüßten ihn. Auf einer Bank saß eine junge Frau alleine. Sie hatte eine Zweiliterflasche Rotwein neben sich stehen und lüftete ihre wenigen Habseligkeiten, indem sie sie über Lehne und Sitzfläche der Bank verteilte. Ein T-Shirt und ein Paar Jeans hingen über einem Ligusterstrauch. Bienzle blieb bei ihr stehen und fragte:

«Haben Sie am Sonntagabend auch hier geschlafen?»

«Wen interessiert das?»

Bienzle schob einen Parka und ein Paar Strümpfe zur Seite und setzte sich auf die Bank.

«Mich interessiert das», sagte er.

«Mir egal.» Die junge Frau schüttelte die Jacke eines Jogging-anzugs aus. Bienzle sah sie an. Vielleicht war sie 30, vielleicht auch erst 25. Lange lebte sie wohl noch nicht so – ohne festen Wohnsitz, wie's offiziell hieß. Ihr Gesicht trug noch nicht die resignativen Züge von Pennerinnen, die schon länger auf Trebe waren. Ihre kurzen, struppigen rotblonden Haare wirkten sauber. Die Kleider, die sie trug, hatten einen gewissen Schick. Ihre Augen wirkten aufmerksam und flink.

«Hauen Sie ab», fuhr sie Bienzle an.

«Ich bin Polizeibeamter.»

«Ja, das weiß ich. Trotzdem!»

«Soll ich Sie lieber vorladen lassen?»

«Und wo soll die Vorladung hingehen, Charlotte Fink im Park, sechste Bank hinterm Seepavillon?»

«Ich hab solche Formulare in der Tasche. Ich könnt's Ihnen persönlich überreichen, Frau Fink.»

«Was wollen Sie wissen?»

Charlotte Fink setzte sich und nahm einen Schluck aus ihrer Flasche. Bienzle fiel auf, daß sie den Flaschenhals ganz in den Mund nahm. «Sie müssen den Mund so ansetzen, daß ein bißchen Luft reinkann», sagte er, «sonst gluckert's net, und wenn's net gluckert, lauft's au net richtig!» Er streckte bittend seine Hand zu ihr hinüber.

«Ist alles billiger Pennerwein», sagte sie.

«Einen Chablis oder einen Stettener Pulvermächer hab ich auch gar net erwartet.» Bienzle nahm einen Schluck, fuhr sich mit dem Handrücken über den Mund und brummte: «Guet ischt was anders.»

«Ich hab nichts gesehen», sagte Charlotte Fink unaufgefordert.

«Gestern hätt' Sie's um ein Haar erwischt.»

«Wer weiß, wofür's gut gewesen wär.»

33

«Ha komm», Bienzle wurde ärgerlich, «wenn man noch so jung ist wie Sie...»

«Und schon so verkommen.» Sie setzte erneut die Flasche an, die Oberlippe etwas zurückgezogen, so daß durch einen schmalen Spalt Luft in den Flaschenhals gelangen konnte. Bienzle beobachtete es und nickte anerkennend. «So ist es richtig!» Charlotte Fink nahm einen langen Schluck. Danach steckte sie sich eine Zigarette an, die sie brennend im linken Mundwinkel hängenließ. Bienzle wurde den Verdacht nicht los, daß ihm die junge Frau etwas vorspielte.

«Leben Sie schon lang so?» fragte Bienzle.

«Auf persönliche Fragen geb ich keine Antwort.»

Bienzle seufzte. «Vielleicht kann's mir ja der Kerbel sagen», meinte der Kommissar.

Er glaubte, ein kurzes Flackern in ihrem Blick wahrzunehmen. «Und wer, bitte, ist Kerbel?»

«Der Mann, der Sie letzte Nacht um ein Haar erschlagen hätte. Er hat alles über euch im Computer.»

«Über uns?»

«Ja – ein Verrückter... – glaub ich. Nein, eigentlich bin ich sicher. Nur ein Verrückter beschäftigt sich in seiner Freizeit mit den Lebensgewohnheiten von Pennern und Polizisten. Der kann Ihnen aufs Haar genau sagen, wo Sie wann genächtigt haben. Wahrscheinlich hat er sogar Ihre Herkunft und Ihren... Werdegang erforscht und in seinen Rechner eingegeben.»

Während Bienzle sprach, war Charlotte Fink immer aufmerksamer geworden. Mit geschickten Handgriffen hatte sie nebenbei ihr bißchen Wäsche sortiert und zusammengelegt, aber ihr Blick ließ Bienzle keine Sekunde los. Jetzt zog sie ungeniert den Pulli und das T-Shirt aus und schlüpfte in ein frisch gewaschenes Männerhemd. Sie sah Bienzle dabei aus den Augenwinkeln an. «Schauen Sie doch weg», rief sie.

34

«Warum denn, sieht doch prima aus! Sie haben a wunderschöne Brust!»

«So was sagt man nicht.»

Bienzle lachte. «Sie müßten doch längst mit allen Konventionen gebrochen haben.»

«So stellen Sie sich das vor?»

«Ja, sicher. Sonst würdet Sie doch sicher a bißle anders leben.»

«Schauen Sie sich um, jeder von denen möchte ein guter Bürger sein. Erst gestern hat mir einer ganz stolz an den Kopf geworfen, er gehöre nicht zum Abschaum, er sei sogar sozial- und krankenversichert.»

«Seid ihr das nicht alle?»

«Sicher, wenn wir Sozialhilfe beantragt haben.»

«Und – haben Sie?»

«Ich komm da aus eigener Kraft wieder raus.»

«Ich wünsch's Ihne!» Bienzle stand ächzend auf.

«Dieser Mensch, der alles notiert hat...»

«Notiert und codifiziert, ja?»

«Wie heißt der noch mal?»

«Kerbel, Andreas Kerbel. Warum, kennen Sie ihn vielleicht?» Charlotte Fink schob sich ein paar Haare aus der Stirn. Die Bewegung hatte etwas Anmutiges. «Ich hab ihn sicher schon gesehen.»

«Und?»

«Ohne und!» Sie sah ihn voll an. Charlotte hatte schöne braungrüne Augen, deren Blick noch nicht vom Alkohol oder anderen Drogen getrübt war. Bienzle faßte in seine Jackentasche und zog eine Visitenkarte heraus. «Wenn Ihnen was auffällt, rufen Sie mich an. Auch privat, oder kommen Sie einfach vorbei – ich wohn gleich da oben.» Er zeigte zu dem Hang hinauf, der sich vom Kessel bis zum Fernsehturm hinaufzog.

«Mach ich!»

Bienzle nickte ihr zu und ging davon. Charlotte Fink rief ihm nach: «Sie können ja das nächste Mal 'n anständigen Wein mitbringen, wenn Sie mich wieder mal besuchen kommen.»

«Mach ich.» Bienzle fragte sich, warum sie seine weiteren Nachforschungen für so selbstverständlich gehalten hatte. Sie mußte doch auch glauben, daß der Pennermörder nun gefaßt war.

Zur Bergstraße waren es nur ein paar Gehminuten. Bienzle stapfte über den gebogenen Steg vom unteren in den oberen Schloßgarten, blieb – die Hände auf dem Rücken und auf den Zehen wippend – vor den Bildtafeln des Schauspielhauses stehen. Unter anderem gab man «Geschichten aus dem Wienerwald». Er hatte das Horváth-Stück vor Jahr und Tag in Tübingen gesehen. Kurz entschlossen ging er zum Opernhaus hinüber, wo die Vorverkaufskasse war, und kaufte zwei Karten für Montag abend.

Dann betrat er die Staatsgalerie. Man kam zur Urban- und danach zur Bergstraße auch hinauf, wenn man durch diesen wunderbaren Kunsttempel ging. Natürlich brauchte man länger, weil man ja immer mal wieder stehenbleiben und schauen mußte, aber Bienzle hatte es, wie so oft, so eingerichtet, daß ihn niemand irgendwo erwartete.

Er besuchte Schlemmers «Triadisches Ballett» und stand vor den wundersamen Figuren, die er schon so häufig betrachtet hatte, als begegne er ihnen zum erstenmal. Er setzte sich auf eine niedrige Bank, lehnte sich gegen die kühle Wand und merkte nicht, wie ihm schon bald die Augen zufielen. Eine Weile dümpelten seine Gedanken noch so vor sich hin, ohne sich irgendwo oder an irgend etwas festzuhalten. Dann war er eingeschlafen.

Er kam wieder zu sich, als er sanft gegen die Schulter getippt wurde. Vor ihm stand sein alter Freund Hans-Ludwig Enderle, den es auf ganz ähnliche Weise wie Bienzle immer wie-

der hierherzog. Enderle freilich wäre nie eingeschlafen, solange er seinem überreichen Wissen auch nur noch eine Klei-
nigkeit hinzufügen konnte.

«Sie haben ausg'sehen, als ob Sie doch tatsächlich g'schlafen
hätten.» Die beiden siezten sich seit 20 Jahren und mehr als
2000 Viertele Rotwein beharrlich.

«Ich seh immer so aus, wenn ich nachdenk», log Bienzle.

«Dann denket Sie scho im Schlafe nach?»

«Wieso?»

«Weil Sie unüberhörbar g'schnarcht habet. – Übrigens habet
Sie des Schläfle ja wohl verdient. Die ganze Stadt atmet auf,
weil Sie den Saukerle g'fange habet.» Bienzle winkte ab. Er
wollte nicht zum zehntenmal erklären, daß es sich bei Kerbel
nur um einen Nachahmer handelte. Deshalb sagte er nur:
«Wenn Sie mal a bißle Zeit habet, könntet Sie mich durch die
Paul-Elsaß-Ausstellung führe. Ich bin sicher, keiner versteht
da mehr davon als Sie.»

«Gern.» Enderle gab sich bescheiden: «Obwohl Sie mir da zu
viel Ehre antun. – Übrigens: So unähnlich war der Ihnen ja
nicht.»

«Wer?»

«Der Paul Elsaß. Ein hartnäckiger Spürhund, vor allem
wenn's drum ging, seine Sammlung afrikanischer Kunst zu
erweitern. Keiner hat wie er auch noch die verborgensten
Dinge gerochen. Da konnte Schmutz und Firniß drauf sein,
soviel wollte – der Paul Elsaß hat immer an der richtigen
Stelle gekratzt und die erstaunlichsten Sachen zutage geför-
dert.»

«Jetzt tun Sie aber mir zu viel Ehre an», sagte Bienzle, «wenn
Sie mich mit ihm vergleichen.»

«Das dät ich so net sehe.» Enderle lächelte fein. «Ich hab ihm
als über die Schulter g'schaut, wie er ein altes afrikanisches
Schloß repariert hat – elf Holzstifte waren da nachzufertigen
– und die mußten auf den Millimeter genau passen. Und ein

anders Mal war's eine hundertfach verzierte Webspule, die er restauriert hat.»

«Sie haben ihn persönlich gekannt?»

«Haja, wo er doch ein Onkel von mir war.»

Das paßte zu ihm, daß er davon nie gesprochen hatte.

«Ich kenn ihn bloß als Maler», sagte Bienzle.

«Da war er auch so einer, der hundertmal neu ang'fangen hat. Er hat dann manchmal nur die Leinwand umgedreht und hinten neu begonnen. Oder das Gemalte übermalt und als Grund fürs nächste Bild genommen. Da könnt' einer noch viel fahnden!»

Bienzle machte sich auf den Weg.

«Übrigens», sagte Enderle, «ich glaub nicht, daß sich der wirkliche Täter hätt' so leicht fange lasse. Das muß ein anderer sein!»

«Ich hab's doch g'wußt, Sie sind ein g'scheiter Mann, Herr Enderle.» Bienzle klopfte dem alten Freund auf den Arm und ging davon.

Enderle sah ihm mit einem warmen Gefühl im Bauch nach.

In der Bergstraße standen mehrere Polizeiautos. Es war natürlich nicht schwierig gewesen, eine richterliche Durchsuchungsanordnung zu bekommen. Nun wimmelte Kerbels kleine Wohnung von Spezialisten der Polizei. Als Bienzle hereinkam, rief ein junger Beamter, den er bisher kaum wahrgenommen hatte: «Na endlich, da sind Sie ja, wo waren Sie denn die ganze Zeit? Wir warten alle auf Sie!»

Bienzle sah den jungen Kollegen, der ein einziger fleischgewordener Vorwurf war, an und sagte:

«Des geht Sie gar nix an. Was ist überhaupt?»

Gächter kam aus dem Nebenzimmer. «Laß dir das mal vorführen – Kino ist ein Dreck dagegen!»

Der junge Kollege – jetzt fiel Bienzle ein, daß er Monz hieß –, betätigte ein paar Tasten am Computer.

«Passen Sie auf: Jetzt baut er eine Grafik auf!»
In bunten Farben entstand ein leicht stilisiertes, flächiges Bild der beiden ineinander übergehenden Schloßparkanlagen. Wie ein leicht verfremdetes Foto sah das aus, aber alle markanten Punkte waren unzweifelhaft zu erkennen.
«Fragen Sie ihn mal nach ‹duD›, bitte!» sagte Bienzle.
«Und, was soll das sein?»
«Der unermüdliche Dicke, wer denn sonst?»
Horlacher, der in einer Ecke des Raumes am Boden saß und mit Schweiß auf der Stirn eine nahezu endlose Videoliste durchging, rief herüber:
«Unser Chef höchstpersönlich.»
Der Computer gab ein paar Pieptöne von sich.
«Mit welchen Daten soll ich korrelieren?» fragte Monz.
«Nehmen Sie einfach mal die Wochentage.»
Monz arbeitete schnell und professionell. Nacheinander erschienen in der oberen linken Ecke des Bildschirms die Wochentage, genaue Daten und Uhrzeiten und auf der Grafik ein rundes dickes Männchen, das jeweils an verschiedenen Punkten auftauchte.
«Mein lieber Mann!» entfuhr es Bienzle.
«Drei, vier Tage, und wir wissen alles, was der Kerl wußte», sagte Monz voller Stolz.
«Mir erzählt er's vielleicht in einer Stunde», gab Bienzle bissig zurück.
Er wollte es nicht zugeben, aber das Fachwissen des jungen Kollegen imponierte ihm sehr. Bienzle nahm sich vor, dies Monz und die anderen gelegentlich wissen zu lassen.
Er ging zum Fenster und sah auf den weitläufigen Park hinab. Horlacher trat neben ihn und reichte ihm ein Fernglas. «Da, das haben wir in dem schwarze Kaschte in sei'm Schlafzimmer g'funde, außerdem ein leistungsstarkes Fernrohr und ein Spezialglas mit Restlichtverstärker. Der Kerle hat ein Vermöge ausgegebe für seine Spielereie!»

39

«Komisch», sagte Bienzle, «bereitet seine Tat geradezu generalstabsmäßig vor und begeht sie dann wie der letzte Dilettant.»

Über dem Park lag ein leichter Nebel, in den die Straßenlampen schmutziggelbe Kreise malten. Bienzle setzte das Glas an die Augen und stellte es scharf. «Das Bier-Eck – gehst du da auch immer noch hin?»

«Ab und zu – selten... na ja, manchmal schon», antwortete Horlacher.

«Du solltest weniger saufe», sagte Bienzle leise.

«Des ischt guet», konterte Horlacher, «wenn ein Glatzkopf zum anderen Glatzkopf ‹Glatzkopf› sagt.»

«Du darfst mich gern zu deinesgleiche zähle», gab Bienzle freundlich zurück, «wenn ich erst auch amal anfang', morgens scho zu schnäpseln! – Jedenfalls, der Kerbel hat sicher den einen oder anderen Besuch von dir im Bier-Eck in seinem Computer registriert. Wenn wir erst mal dein Kürzel wissen...» Bienzle ließ den Satz in der Luft hängen. Horlacher grinste ihn an. «Jetzt hättest mir beinah' angst g'macht.»

Bienzle wollte den Versuch machen, die Arbeit an Kerbels Computer zu beschleunigen. Deshalb ließ er sich den Untersuchungsgefangenen gleich bringen, als er kurz vor Dienstschluß noch mal ins Präsidium kam.

«Ich denke ja nicht dran, mit Ihnen zu kooperieren.» Kerbel war wie verwandelt. Kühl sah er Bienzle an. «Ich verweigere jede Aussage. Und was Sie bisher aus mir herausgequetscht haben, können Sie vor Gericht sowieso nicht verwenden.»

«So, und wer sagt das?»

«Mein Anwalt.»

«Ach so...»

«Sie haben mich auch nicht ordnungsgemäß belehrt...»

«Tut mir leid, ich hab's vergessen!»

Kerbel lachte. «Bauerntricks sind das.»

Bienzle sah ihn mit schiefgelegtem Kopf an.

«Wenn's tatsächlich ein Trick g'wese wär', hätt' er ja funktioniert, wie's scheint.»

«Jedenfalls sage ich nichts mehr ohne meinen Anwalt.»

«Dann lassen Sie's halt bleiben», gab Bienzle gemütlich zurück. Er war müde und wollte nach Hause. Wenn er fromm gewesen wäre, hätte er den lieben Gott gebeten, die nächste Nacht ohne Zwischenfall verstreichen zu lassen.

Als er nach Hause kam, lief ihm der Hund schwanzwedelnd und vor Freude aufjaulend entgegen. Hannelore erschien in der Tür zu ihrem Arbeitszimmer. «Ich hab's nicht übers Herz gebracht», sagte sie. Bienzle nahm sie fest in die Arme. Dafür liebte er sie! «Aber runtergehen mußt du noch mal mit ihm», sagte sie, eh sie ihn wieder losließ.

Hannelore hatte eine Leine gekauft. Aber Bienzle ließ Balu frei laufen. Zum Schloßpark hinunter wären es nur zehn Minuten gewesen, aber Bienzle zog es vor, ein Stück die Stafflenbergstraße hinauf und dann durch den Schellenkönig zur Richard-Wagner-Straße zu gehen. Dort oben lag, gegenüber dem Eingang zur Villa Reitzenstein, wo das Staatsministerium untergebracht war, eine Aussichtsplattform. Bienzle trat an das niedrige Mäuerchen und sah auf die schlafende Stadt hinab. Sein Blick glitt über die dunkle Parkanlage.

In Frankfurt damals war der Pennermörder ein Mann gewesen, der dicht davorgestanden war, abzurutschen wie jene, die bereits in den Parks und Unterführungen schliefen. Der Mörder hatte aus Angst gehandelt, es war wie ein letzter, verzweifelter Versuch gewesen, sich gegen dieses bedrohliche Schicksal, heimatlos und allein zu sein, zu wehren.

Vielleicht saß ja auch der Stuttgarter Mörder irgendwo in einem muffigen, kleinen möblierten Zimmer, für das er die Miete nicht mehr aufbringen konnte, weil er die Stütze versoff. Und wenn er soff, dann dort, wo das Bier am billigsten war und wo man nichts hermachen mußte. Dort drunten im Bier-Eck zum Beispiel. Bienzle schnalzte mit der Zunge und rief den Hund: «Los komm, wir gehen noch ein Bier trinken.»

Als er die Tür aufstieß, schlug ihm der Geruch von kaltem Rauch und schalem Bier entgegen. Balu begrüßte ein paar Gäste wie gute alte Bekannte, und das waren sie ja dann wohl auch. Die Wirtin Olga gehörte dazu. Bienzle ging zu ihr und bestellte ein Glas Bier. Aber dann wurde er auf eine Stimme aufmerksam, die er kannte.

«Wenn du meinst, du könntest unserein' mit dir vergleichen, dann kannst glei was erlebe, du verlauster Penner, du.» Horlachers Stimme war unsicher. Er sprach unnatürlich langsam und betonte jede Silbe.

«Ich vergleich mich doch nicht mit dir», antwortete sein Kontrahent, «so weit begebe ich mich nicht runter.»

Bienzle wandte sich um, und so sah er gerade noch, wie Horlacher zuschlug. Der Penner, mit dem er sich gestritten hatte, taumelte rückwärts auf Bienzle zu. Der Kommissar stieß sich von der Theke ab und ging dazwischen.

«Schluß jetzt!» herrschte er Horlacher an. Ein paar der Gäste hatten sich erhoben.

«Man muß den Kerle mal Mores lehren», rief einer von ihnen. «Der glaubt wohl, er kann sich alles erlauben!»

«Bloß weil er bei der Polizei ist», tönte ein anderer.

«Schluß hab ich g'sagt», meldete sich nun Bienzle wieder.

«Olga, eine Saalrunde auf meine Rechnung, und dann bitt ich mir Frieden aus.»

Horlacher hatte sich schwer auf seinen Stuhl zurückfallen lassen und leerte nun sein fast volles Bierglas in einem Zug. Bienzle beugte sich zu ihm hinab.

«Und dich bring ich jetzt heim.»

«I brauch koi Kindsmagd», maulte Polizeiobermeister Ar-

thur Horlacher. Bienzle winkte nur ab. Olga servierte die
Saalrunde, während der Kommissar Hannelore anrief.

«Ich hab mir schon Sorgen gemacht», sagte sie, «übrigens, du
hast Besuch.»

«Ich – schwätz net raus.»

«Damenbesuch sogar.»

«Aach!»

«Im Augenblick liegt sie in unserer Badewanne.»

«Die Fink etwa?»

«Mhm, sie hat gesagt, du hättest sie eingeladen.»

«Du, ich muß den Horlacher heimbringen.»

«Ich versteh. Das kann dauern, hmm?»

«Wenn seine Frau noch auf ist und wieder zwei Stunden auf
mich einredet!»

«Okay, biete ich der Dame das Gästezimmer an.»

Bienzle legte auf und kehrte zu Horlacher zurück. Der hatte
auch eine Halbe Bier von der Saalrunde abbekommen und
trank gierig, als ob er einen schweren Durst bekämpfen
müßte.

Bienzle schaute ihm zu. Das fleischige Gesicht Horlachers,
das früher einmal kraftvoll gewirkt hatte, war nun unnatürlich aufgedunsen. Die Augen lagen hinter dicken Wülsten.
Die breite Nase hatte sich in den letzten Monaten ins Blaurote
verfärbt. Bienzle überkam plötzlich die Wut. Er entriß Horlacher das Glas. Bier schwappte über. Heftig knallte er den
Glashumpen auf den Tisch.

«Los jetzt, du kommst jetzt!» herrschte er Horlacher an.

«Was ist los?»

«Hörst wohl schlecht?» Bienzle packte den Kollegen am Jak-
kenrevers und zog ihn hoch.

«Ha, Bienzle, jetzt sei no so guet!»

«Nein, ich denk nicht dran. Und mach mich ja nicht noch
zorniger.»

Er stieß Horlacher durch das Lokal und auf die Straße hinaus.

43

Auf dem Weg warf er Geld auf die Theke – zuviel für die Runde, aber Olga würde ja wohl etwas damit anfangen können. Die Kneipentür fiel hinter ihm ins Schloß, wurde aber gleich noch mal kurz geöffnet. Balu witschte heraus und sah Bienzle vorwurfsvoll an.

«Ihr zwei habt den gleichen Blick», knurrte Bienzle. Ein Polizeiwagen kam vorbei. Bienzle hielt ihn an. Einer der uniformierten Beamten kurbelte die Scheibe herunter. «Herr Hauptkommissar?»

«Da, bringt den Horlacher heim, und daß mir das in keinem Bericht erscheint.»

Er schob Horlacher in den Fond. «Auf dem schnellsten und direktesten Weg, daß das klar ist!»

Der Beamte salutierte. Kurz danach jaulte das Martinshorn los, und das Blaulicht begann zu kreisen. Der Wagen fuhr mit Karacho davon.

«So war's dann natürlich auch wieder nicht g'meint», sagte Bienzle. «Na dann – komm, Hund!»

Es war kurz nach 11 Uhr, als die beiden bei Hannelore eintrafen. Charlotte Fink war gegangen.

«Seltsame Person», sagte Hannelore, während sie jedem ein Glas Rotwein eingoß. Der Hund hatte sich zufrieden unter den Tisch gelegt.

«Seltsam? Warum?»

«Na, ich hab mir jedenfalls eine Pennerin ganz anders vorgestellt. Sie ist . . . so fordernd, ja, ich glaube, das ist das richtige Wort. ‹Fordernd›. Es wäre ihr wohl kaum in den Sinn gekommen, um etwas zu bitten. Sie hat gebadet, gegessen, zwei Blusen und eine Hose aus meinem Kleiderschrank ausgewählt, ein Glas von dem Wein hier getrunken, und als ich sie gefragt habe, ob sie nicht auf dich warten wolle, hat sie nur den Kopf geschüttelt und ist wieder gegangen.»

«Sie hat also gar nichts gewollt?»

«Nein, jedenfalls hat sie nichts davon gesagt.»

«Und du hast sie nicht danach gefragt?»

«Nein, ich habe nur gefragt, wie es ihr denn so gehe... aber da ist sie mir gleich über den Mund gefahren: Ausfragen lasse sie sich nicht. Ernst! Diese Frau hat nichts auf der Straße und im Park verloren.»

«Am Anfang haben sie das alle nicht.»

«Sie hat gesagt, sie sei keine Pennerin. Ihre Anschrift sei nur vorübergehend im Park.» Bienzle nickte. «Die Fassade wird sie auch noch eine Weile aufrechterhalten, aber sie bröckelt jetzt schon.»

Obwohl er hundemüde war, fand Bienzle keinen Schlaf. Dieser Fall war anders als alles, was er sonst erlebt hatte. Alfons' Satz ging ihm immer wieder durch den Kopf: «Warum nimmt der uns unseren allerletzten Besitz?»

Für Charlotte Fink war es vielleicht noch nicht zu spät.

«Schlaf doch!» raunzte Hannelore.

Ihr zuliebe tat Bienzle so, als wäre er tatsächlich eingeschlafen.

MITTWOCH

Müde und wie gerädert kam er anderntags ins Büro. Das Wetter hatte wieder umgeschlagen. Eine schwere Schwüle lag über der Stadt. Es würde wohl wieder ein Gewitter geben. Bienzle schwitzte und hatte Mühe durchzuatmen. In seinem Büro wartete Rechtsanwalt Dr. Wehrle, ein dicklicher Mann Mitte Fünfzig, an dem alles wolkig war, seine Bewegungen, seine Art zu gehen, vor allem aber die Art, wie er sprach – wolkig und unbestimmt.

«Ach, da sind Sie ja», begrüßte er Bienzle.

«Der Herr Dr. Wehrle, und das schon am frühen Morgen.» Bienzle ließ keinen Zweifel daran, daß das ein schwerer Schlag für ihn war.

«Gestern abend habe ich zufällig mit dem Richter am Oberlandesgericht Nehrlinger gespeist – wir sind in der gleichen Verbindung und unsere Frauen haben zusammen studiert – in München übrigens...»

«Ja, das ist ja alles sehr interessant, aber was wollen Sie von mir?» unterbrach ihn Bienzle.

«Ja, eben, der Herr Professor Dr. Nehrlinger meinte auch, manche Beamte der Strafverfolgungsbehörden machten sich kein so rechtes Bild davon, wann ein Verdacht hinreiche, um einen Menschen in Untersuchungshaft zu halten...»

«Daraus schließe ich, Sie vertreten Andreas Kerbel.»

«Sein Herr Vater hat mich gebeten, mich ein bißchen des Jungen anzunehmen.»

«Der Junge ist ein kaltblütiger Mörder, der einen Menschen umgebracht hat – einfach weil er mal sehen wollte, wie so was geht und ob er irgend etwas dabei empfindet.»

«Das sagen Sie doch nicht im Ernst, Herr Bienzle.»

«Aber sicher.»

«Es gibt also ein Geständnis?»

«Ja!»

«Von meinem Mandanten unterschrieben?»

«Nein, aber von mir entgegengenommen.»

Wehrle atmete auf. «Ach so, das Übliche also. Man setzt einem unerfahrenen, jungen Menschen so lange zu, bis er zu den Vorhaltungen des Verhörbeamten nickt, und schon glaubt man, ein Geständnis zu haben.»

Bienzle sah Wehrle an, schenkte es sich aber, darauf zu erwidern.

«Sie werden doch nicht glauben, daß Sie damit vor Gericht durchkommen», sagte der Rechtsanwalt.

«Haben Sie sich schon mit unseren Beweisen beschäftigt?»

«Indizien, meinen Sie.» Wehrle winkte geringschätzig ab.

«War der Kofferraum meines Mandanten verschlossen?»

«Bitte?» Bienzle war einen Augenblick irritiert.

«Ja aber, das müssen Ihre Beamten doch festgestellt haben. So schludrig werden sie doch wohl trotz allem nicht sein...»

«Was bezwecken Sie eigentlich?» fuhr Bienzle den Rechtsanwalt an.

«Der Kofferraum war offen, Verehrtester! Mein Mandant schließt ihn nie ab, sagt er. Was also war leichter für den tatsächlichen Mörder, als die Tatwaffe in den Kofferraum von Herrn Kerbel zu werfen. Wahrscheinlich hat er die Szene beobachtet und blitzschnell gehandelt.»

«Interessant», sagte Bienzle. «Und was ist mit Kerbels Fingerabdrücken?»

«Er gibt ja zu, daß er die Eisenstange in den Händen gehabt hat. Als er morgens etwas in den Kofferraum legte, sah er sie da liegen, hob sie verwundert auf und ließ sie achtlos zurückfallen. Glauben Sie denn wirklich, Herr Bienzle, daß ein so intelligenter Mann wie Andreas Kerbel nicht wenigstens seine Fingerabdrücke abgewischt hätte, wenn er tatsächlich der Mörder gewesen wäre?»

«Hier hat er gesessen, auf dem Stuhl da, und hat alles eingestanden!» schrie Bienzle außer sich vor Zorn.

«Ich habe Sie bisher für kooperativ gehalten.» Wehrle machte mit seinen Armen Bewegungen, als ob er einen Männerchor dirigieren müßte.

«Bisher haben Sie mir auch noch nie unfaire Verhörmethoden unterstellt, Herr Rechtsanwalt.»

«Ach, Sie sind empfindlich?»

«Auf Wiedersehen, Herr Rechtsanwalt, zum Glück kann Ihr Herr Bundesbruder den Fall erst in der nächsten Instanz kriegen, falls es dazu kommt.» Bienzle nahm aus dem Eingangskorb ein Stück Papier, das er mit scheinbarem Interesse studierte, ohne wahrzunehmen, was drinstand.

Wehrle erhob sich und bewegte sich mit unentschlossenen, seltsam sanften Schritten auf die Tür zu, die just in diesem Augenblick heftig aufgerissen wurde.

Haußmann stand auf der Schwelle: «Das müssen Sie sich vorstellen. Bei Kerbel ist das Siegel erbrochen und die Tür geknackt worden. Alle Unterlagen sind zerstört: Computer, Bänder und das Programm – die komplette Software!»

Wehrle fuhr herum und hob theatralisch beide Hände zum Himmel. «Und so etwas lassen Sie zu?!»

Bienzle starrte ihn böse an. «Ich würd's sogar zulassen, wenn der Herr Kriminalobermeister Haußmann Sie in den Hintern treten würde, um Sie endlich loszuwerden.»

Haußmann sah seinen Chef fragend an. Sollte er nun oder sollte er nicht? Bienzle schüttelte unmerklich den Kopf, und

Haußmann ließ die Luft ab, die er unwillkürlich angehalten hatte.

Wehrle verließ den Raum und drückte die Tür behutsam ins Schloß. Bienzle sprang auf. «Also, Herr Kollege, wer profitiert davon, daß bei dem Kerbel alles kaputtgemacht wurde?»

«Vielleicht Kerbel selber.»

«Möglich.»

«Und natürlich der Feuerteufel, falls dies eine zweite Person ist.»

Bienzle nickte. «Richtig.»

«Und darüber hinaus jeder, der damit rechnen muß, daß Kerbels Beobachtungen zuviel verraten könnten.»

«Horlacher zum Beispiel», sagte Bienzle.

Haußmann sah ihn überrascht an.

«Dem hab ich gestern selber angedroht, daß dem Kerbel sein Computer alles über seine Kneipenbesuche erzählen werde.»

«Na ja – trotzdem. Horlacher ist Polizeibeamter!»

«Aber einer, der säuft.»

«Na ja», sagte Haußmann, der fast nichts trank und der sehr wohl wußte, daß das bei Bienzle anders war.

«Polizeibeamter!» – Bienzle spuckte das Wort förmlich aus. «Sie glauben, das schützt ihn davor, einen Blödsinn zu machen?»

«Hier handelt sich's immerhin um eine ziemlich schwere strafbare Handlung», erwiderte Haußmann trotzig.

Bienzle verließ den ganzen Vormittag über sein Büro nicht. Bewegungslos saß er in seinem Sessel. Das konnte er Stunden so aushalten. Gächter, der einmal hereinsah, machte auf dem Absatz kehrt und verließ den Raum wortlos wieder.

Kurz vor zwölf kam Haußmann. Die Spurensicherung habe keinerlei Hinweise darauf entdeckt, wer bei Kerbel das Dienstsiegel erbrochen und die Tür gewaltsam geöffnet habe, berichtete er. Der Einbruch sei absolut professionell begangen worden. Bienzle nickte, als ob er nichts anderes erwartet hätte. Es war dunkel geworden im Zimmer. Über der Stadt türmten sich die Gewitterwolken. Bienzle knöpfte sein Hemd auf und wischte mit dem Taschentuch den Schweiß aus den Achselhöhlen und von der Brust. Haußmann sah leicht angewidert zu.

«Charlotte Fink», sagte Bienzle.

«Wer ist das?»

«Die Frau, die Kerbel beinahe auch noch erschlagen hätte.»

«Aber warum?» Haußmann sah seinen Chef verständnislos an.

«Fraget Se doch net emmer!» gab Bienzle unwirsch zurück. «Versuchen Sie, so viel wie möglich über sie rauszukriegen.» Haußmann zog eilfertig Stift und Blöckchen und wollte notieren. «Anschrift?»

«Ja, die lebt halt auch im Park und auf der Straße. Sie sollten sie sowieso nicht direkt fragen.»

«Verstehe!»

«Na, um so besser. – Ist die Spurensicherung schon in Kerbels Wohnung?»

«Selbstverständlich.»

«Brav!» sagte Bienzle und erhob sich. «Ich bin mal für zwei, drei Stunden weg.»

«Darf man fragen wo?» wollte Haußmann wissen.

«Nein, das darf man nicht», beschied ihm der Chef und klopfte ihm dabei wohlwollend auf die Schultern.

«Im übrigen glaub ich, daß wir demnächst Ihre Beförderung zum Kommissar feiern können, Herr Kollege!»

Haußmann bekam einen roten Kopf. Bienzle übersah's geflissentlich und ging schnell hinaus. Er wußte, Haußmann

würde sich jetzt sofort ans Telefon hängen, um die gute Bot-
schaft seiner Freundin mitzuteilen – stolz wie ein Spanier –,
und genau so geschah es auch.

Bienzle ließ sich einen Dienstwagen geben und fuhr nach De-
gerloch hinauf, um Doris Horlacher zu besuchen. Früher waren sie öfter zusammengekommen.
Bienzle mochte Horlacher, und für dessen herbe Frau hatte er
ein besonderes Faible. Die hätte ihm auch gefallen können –
eine großgewachsene, etwas knochige Schönheit mit einem
breiten Mund, weit hervortretenden Backenknochen und of-
fenen grau-blauen Augen. Sie arbeitete halbtags als Sekretä-
rin bei einem bekannten Stuttgarter Patentanwalt und trug
die ganze Verantwortung fürs Familienleben. Zwei Kinder
hatte sie mit Arthur Horlacher, den zwölfjährigen Uli und
den sechzehnjährigen Michael. Aber trotz ihrer ruhigen, zu-
packenden Art war es Doris Horlacher nicht gelungen, ihren
Mann vom Alkohol fernzuhalten. Sie war im übrigen auf-
richtig genug, einen der Gründe für Arthur Horlachers Alko-
holismus in ihrer eigenen Dominanz zu sehen.
Bienzle hatte unterwegs einen bunten Blumenstrauß gekauft
und klingelte nun bei Horlachers. Doris machte auf, während
sie noch die Hände an der Küchenschürze abtrocknete.
«Ernst? – Na so was!» Eine leichte Röte überflog ihr Gesicht,
als sie die Blumen sah. «Sind die für mich?»
«Für wen sonst, wenn ich doch zu dir komm.»
«Willst du mitessen? Es gibt Linsen, Spätzle, Seitenwürst
und Speck.»
«Da kann ich unmöglich nein sagen.»
Bienzle ging in die Wohnung hinein. Sie lag im Erdgeschoß
eines zweistöckigen kleinen Hauses und ging nach hinten auf
einen Garten hinaus. Dort befand sich auch eine überdachte
Terrasse, auf der eine hübsche Sitzgruppe aus Gartenmöbeln
mit bunten Kissen auf Sitzen und Lehnen stand.

«Man kann draußen sitzen», sagte Doris Horlacher. Sie redeten noch eine ganze Zeit über Belanglosigkeiten, ehe Bienzle zur Sache kam. «Wann ist denn der Arthur heut nacht heimgekommen?»

«Kurz nach eins!»

«Ich hab ihn vor elf in ein Polizeiauto gesetzt.»

«Ja, das ist auch kurz danach draußen vorgefahren.»

«Und?»

«Der Arthur ist ausgestiegen und die Straße runter. Er hat nicht mal einen Blick zu uns rübergeworfen.»

«Und du hast ihn auch nicht gerufen?»

«Das hab ich längst aufgegeben. Er nimmt's als Bevormundung und säuft dann grade zum Trotz noch mehr.»

Einem plötzlichen Impuls folgend, fuhr Bienzle Doris Horlacher übers Haar. «Du bist nicht zu beneiden», sagte er.

«Wenn er nur nicht mal einen Blödsinn macht, den er nicht mehr korrigieren kann.»

Bienzle sah sie aufmerksam an. «Woran denkst du denn da zum Beispiel?»

«Heute morgen wäre er um ein Haar auf mich losgegangen. Und wenn er mich zum erstenmal schlägt, weiß ich nicht, was passiert.»

«Eigentlich war er nie ein aggressiver Mensch», sagte Bienzle.

«Aber das hat sich geändert», gab Doris Horlacher zurück, «manchmal wird er richtig ausfällig.»

Dann rief sie aus der Küche, wo sie nun die Linsen vom Feuer nahm: «Ich hab gehört, du hast jetzt einen Hund.»

«Aus der Erbmasse eines Nichtseßhaften, ja.»

«Wenn du ihn mal unterbringen mußt, ich nehm ihn gerne für ein paar Tage.»

Bienzle schüttelte den Kopf. «Er und der Arthur vertragen sich nicht.»

Doris' Kopf erschien in der Küchentür. «Das versteh ich nicht, wo der Arthur doch sonst so ein Hundenarr ist.»

Als die Spurensicherung das zweite Mal in Andreas Kerbels Wohnung war, fiel den Beamten erst auf, daß es einen Schlüssel zu einem Kellerraum gab. Sie fanden drei leere und einen vollen Benzinkanister, die ordentlich aufgereiht in einem Stahlregal standen.

Bienzle erfuhr es erst am Abend von Gächter. Er hatte mit großem Appetit Doris Horlachers Linsen und Spätzle gegessen und den beiden Horlacher-Buben seine Lieblingsanekdoten erzählt. Doris mußte die ganze Zeit lächeln. Sie kannte alle Geschichten und erlebte nun, wie sie sich durch das viele Erzählen verändert hatten. Spannender waren sie geworden und witziger, aber sie hatten sich natürlich von der ursprünglichen Form inzwischen weit entfernt.

Die Buben hörten mit großen Augen zu. Uli sagte schließlich: «Mein Papa hat auch ganz arg tolle Sachen erlebt. Den Neckar-Mörder hat er ganz allein g'fangen und die Radonbande hat er auch zerschlagen!»
«Stimmt», sagte Bienzle wider besseres Wissen. Hätte er den beiden Jungen etwa sagen sollen, daß ihr Vater praktisch nichts zur Lösung dieser Fälle beigetragen hatte und wie wenig von dem Helden Horlacher noch übrig war?
Nach dem Essen hatte er mit Doris Horlacher noch einen Kaffee auf der überdachten Terrasse getrunken, obwohl inzwischen ein Platzregen niederging. Wie ein dichter Vorhang schob sich das prasselnde Naß zwischen die Terrasse und den Garten. Die Schwüle wich langsam frischerer Luft.
«Es geht halt im Leben nicht so, wie man sich's vorstellt», sagte Doris Horlacher mit einem kleinen Seufzer.

«Schlechte Karten für Andreas Kerbel und seinen schlauen Anwalt», sagte Gächter. Er lehnte im Türrahmen zu Bienzles Büro und drehte mit seinen geschickten schlanken Fingern eine Zigarette.

Haußmann saß auf der Fensterbank und ließ in regelmäßigen Abständen seine Absätze gegen die Holzverkleidung der Heizung knallen. «Der hat null Chance, da noch rauszukommen», sagte er.

Bienzle blieb hartnäckig bei seiner Version. «Es gibt noch einen zweiten Täter.»

«Der Präsident sagt auch, wir könnten unsere Leute aus dem Park abziehen.»

«Der will sich doch bloß beliebt machen», brummte Bienzle, «jetzt wo's Wochenende vor der Tür steht.»

Haußmann versuchte zu vermitteln: «Reduzieren könnte man die Mannschaft ja vielleicht – ich denke, die Hälfte würde genügen.»

«Meinen Sie, der Feuerteufel zündet sein nächstes Opfer dann nur zu fünfzig Prozent an, oder was?» giftete Bienzle.

«Vielleicht gesteht ja der Kerbel, wenn wir ihn noch mal richtig hernehmen», sagte Gächter.

Bienzle zerknüllte ein Stück Papier und warf es in den Papierkorb. «‹Nicht ohne meinen Anwalt›, sagt er dir erst mal, und wem willst du das zumuten – sein Anwalt heißt Dr. Wehrle.»

Gächter winkte nur ab.

«Also bleibt's bei den Wochenendeinsätzen?» wollte Haußmann wissen.

«Selbstverständlich!»

DONNERSTAG

Am Donnerstagmorgen ließ Bienzle Kerbel noch mal vorführen. «Selbstverständlich können wir den Herrn Dr. Wehrle jederzeit dazubitten», sagte der Kommissar, «aber ich denk, es soll nicht mehr als eine kleine Unterhaltung werden.»
Kerbel schwieg.
Bienzle deutete auf einen Stuhl vor seinem Schreibtisch und lehnte sich ächzend zurück. Kerbel setzte sich, wie gehabt, auf die vordere Kante des Stuhls.
«Ein Computerfreak unter unseren Leuten hat Ihr Programm durchforstet. Monz heißt er. Ein tüchtiger Mann, so etwa Ihr Alter.»
«Das glaube ich nicht.»
«Dann lassen Sie's halt bleiben. Er hat eine sehr schöne farbige Grafik auf den Bildschirm gezaubert. Beide Schloßgärten mit allem, was wichtig ist. Sieht toll aus.» Kerbel starrte Bienzle weiter ungläubig an.
«In einem Tag soll er das geschafft haben?»
«Ja, warum denn nicht?»
«Weil das eine Spitzenleistung wäre – kann ich mit diesem Herrn Monz einmal sprechen?»
«Ja sicher, warum nicht. Ihr Programm ist jetzt allerdings hin!»
«Mein Programm?»
«Alles – Ihre Videobänder, die Apparate und natürlich auch die Software – so heißt das doch?»

57

Kerbels Gesicht veränderte sich schlagartig. So glatt und ausdruckslos es bisher gewesen war, so viel Bewegung war plötzlich in den Zügen des jungen Mannes. «Das ist...», stotterte er, «... wissen Sie, was das ist?... das ist...» Ihm fehlten offensichtlich die Worte.

Bienzle ließ ihn nicht aus den Augen. «Ein Verbrechen?» schlug er vor.

Kerbel winkte geringschätzig ab. «Sie verstehen's nicht... Sie können's nicht begreifen.»

«Man hat das einzige zerstört, was Ihnen wichtig war, Herr Kerbel. Ich hab's doch mitgekriegt. Wenn Sie Ihren Computer und Ihr Programm in die Zelle bekommen hätten, wär für Sie sogar der Knast erträglich geworden.»

«Vorausgesetzt, ich könnte da in Ruhe arbeiten.»

Bienzle nickte. «Ja, es hat Leute gegeben, die haben in der Gefängniszelle eine enorme persönliche Entwicklung durchgemacht. Es sind da zum Beispiel richtige Schriftsteller entstanden, sehr gute Übersetzer auch, Maler, sogar Mathematiker, die ganz neue Formeln gefunden haben – hat's alles schon gegeben. Es waren aber immer Ausnahmeerscheinungen.»

«Ja sicher», sagte Kerbel, als ob er grade das für sich in Anspruch nehme.

«Aber dazu brauchen Sie doch nicht Ihr Programm, oder?»

«Da stecken über 5000 Arbeitsstunden drin.» Plötzlich fuhr Kerbel auf. «Die Disketten. Ich hab ja zur Sicherheit alles auf Disketten noch mal abgespeichert.»

Bienzle wußte es nicht so genau, aber er sagte mal auf gut Glück: «Alles hin – Sie hätten's bei Ihrer Bank in ein Schließfach legen sollen.»

Kerbel verbarg sein Gesicht in den Händen. Fassungslos mußte der Kommissar mit ansehen, wie dieser junge Mann, dem doch scheinbar jede menschliche Regung abging, hemmungslos zu schluchzen begann. Bienzle spürte nicht einmal entfernt den Impuls, ihn zu trösten.

Schließlich sagte er: «'s wär schön, wenn irgendein Mensch so um den Oswald Schönlein heulen würde.»

Das Schluchzen brach schlagartig ab. «Wer ist das?»

«Der Mann, den Sie umgebracht haben. Hätt' ich nicht gedacht, daß Ihnen der Name so schnell entfallen würde.»

«Ich hatte ein ganz neues Programm angefangen – beschleunigte Valuta-Berechnung – finanziert von der Bank, bei der ich arbeite.»

«Ja, und?»

Kerbel schüttelte den Kopf. «Sie kapieren's nicht. Kann ich jetzt gehen?»

«Mhm, gleich. Sagen Sie mir nur noch, warum Sie vier Benzinkanister in Ihrem Keller haben.»

«Lauter Geschenke!»

«Was Besseres fällt Ihnen nicht ein?»

«Ich bin letzten Monat 26 geworden, und als ich meiner Mutter sagte, ich wünschte mir einen Ersatzkanister – der hat mir immer noch gefehlt –, hat sie mir eine neue Uhr geschenkt, aber allen Leuten erzählt, ich wünschte mir einen Ersatzkanister. Sie können ja nachfragen: Einer ist von meiner Schwester, einer von meinen Kollegen, einer von meinem Vater, und den letzten hat mir die Autowerkstatt vermacht.»

«Fehlt noch einer», sagte Bienzle.

«Wie?»

«Der in Ihrem Kofferraum!»

«Ach ja, inzwischen ist mir mal das Benzin ausgegangen. Ich mußte zu einer Tankstelle laufen und mir Ersatz beschaffen. Die Geschenke waren also sinnlos – alle vier!»

«Wir werden das nachprüfen», sagte Bienzle.

«Kann ich jetzt gehen?»

«Ja.»

Kerbel ging zur Tür. Auf der Schwelle stoppte ihn Bienzles Stimme noch mal: «Haben Sie bei Ihren Beobachtungen irgendwelche Hinweise auf den Täter gefunden, die uns weiterhelfen könnten?»

Kerbel sah sich um. «Wieso? Sie haben doch Ihren Täter. Mindestens so lange, bis der Zündler wieder eines von seinen Opferfeuerchen macht!»

Kerbel ging vollends auf den Korridor hinaus, wo er von zwei Beamten erwartet wurde, die ihm die Handschellen wieder anlegten.

Bienzle saß noch lange in unveränderter Haltung an seinem Schreibtisch, die Fingerspitzen über dem Bauch zusammengestellt, die Augen halb geschlossen. «Bis der Zündler wieder eines von seinen Opferfeuerchen macht...» Der Satz ging ihm nicht mehr aus dem Kopf.

Irgendwann später kam Gächter herein. «Schwänzt du den Feierabend, oder was?»

«Stell dir vor, ein junger Mensch wird 26, und den Leuten fällt nichts Besseres ein, als ihm Benzinkanister zu schenken.»

Gächter zuckte die Achseln. «Warum nicht?»

Bienzle schlug mit der flachen Hand auf den Tisch, daß es krachte. «Weil's kein unsinnlicheres Geschenk gibt...»

«Unsinnig, warum unsinnig?»

«Unsinnlich – mit llll, Menschenskind!» Bienzle wuchtete seine zwei Zentner aus dem Schreibtischsessel. «Da friert's ein' doch, wenn mr des hört!»

Gächter blieb unbeeindruckt. «Hat er dir vorgemacht, er hätte die Kanister alle zum Geburtstag geschenkt bekommen?»

Es paßte zu Bienzle, daß er sich nun ein bißchen rächte: «Du prüfst des bitte nach. Hier sind die Leute – er schrieb sie rasch auf einen Zettel –, von denen er die Kanister bekommen haben will.»

Bienzle schob den Zettel über die Schreibtischplatte. Gächter nahm ihn gleichmütig entgegen und steckte ihn ein. Wortlos ging er hinaus. Bienzle tat seine kleine Gemeinheit schon wieder leid. Er schloß seinen Schreibtisch ab und verließ das Präsidium.

Hannelore, die seit ein paar Monaten verschiedene Illustrationsaufträge für Kinderbücher hatte, mußte am Montag eine komplette Arbeit abliefern. Wie immer war sie fest davon überzeugt, daß sie das nie und nimmer rechtzeitig schaffen werde, und wie immer würde sie am Montag früh um sieben damit fertig sein. Dann schlief sie zwanzig Stunden am Stück und war danach wieder ein neuer Mensch. Das alles hatte Bienzle schon bedacht, als er sich freiwillig für den Wochenenddienst einteilen ließ. Balu würde er für Samstag und Sonntag zum Polizeihund ernennen und auf seine Kontrollgänge und ins Büro mitnehmen.

Als er nach Hause kam, sagte Hannelore prompt: «Wenn du mir einen Gefallen tun willst...»

«Ja, ja», sagte Bienzle, «ich werde bis zum Montag nicht vorhanden sein.» Er warf einen Blick auf die filigranen Zeichnungen. «Gefällt mir!»

Hannelore sah ihn mißtrauisch an. «Und das sagst du nicht nur, um mich zu beruhigen?»

«Nein», Bienzle antwortete ernst. «Ich find's richtig geglückt. Du wirst von Mal zu Mal besser.»

Hannelore lehnte sich gegen ihn. Bienzle legte den Arm um sie und zog sie an sich. Der Hund sah sich das Ganze mit schiefgelegtem Kopf und großen Augen an. Sie küßten sich, bis es Balu zuviel wurde. Der Hund stieg mit den Vorderpfoten an Bienzles Rücken hoch und winselte. «Das haben wir nun davon», sagte Hannelore, als Bienzle sie losließ und sie wieder Luft bekam, «der Hund ist eifersüchtig.» Bienzle sah das Tier streng an und sagte: «Des g'wöhnscht dir aber ganz

schnell ab, Herr Hund!» Balu legte sich flach auf den Boden
und vergrub den Kopf zwischen den Pfoten. Es sah aus, als
wollte er um gut Wetter bitten.

Hannelore ging an die Arbeit. Bienzle machte ihr einen starken Kaffee und ein paar belegte Brote und stellte das Tablett
damit auf das Tischchen neben ihrem Zeichentisch. Dann
ging er auf Zehenspitzen hinaus, nahm die Hundeleine von
der Garderobe und ging, gefolgt von Balu, hinaus.

Es war noch einmal eine Nacht wie im Sommer. Vielleicht die
letzte. Eine milde, sanfte Luft lag über der Stadt. Eine leichte
Brise zog von Westen her über die Stadt hinweg. Die Fenster
zu vielen Wohnungen waren weit geöffnet. Man hörte Ra-
diomusik, Lachen und laute Worte aus den Häusern. Irgendwo trällerte eine Frau «O sole mio». Bienzle las an einer
Litfaßsäule ein Wahlplakat der CDU: «Wir blicken in eine
gute Zukunft» – stand da. Irgendwer hatte daruntergesprayt:
«Sind's die Augen, geh zum Optiker.»
Bienzle beschloß, zur Uhlandshöhe hinaufzugehen. Von dort
hatte man den schönsten Blick auf die nächtliche Stadt. Er
suchte eine Bank und überließ den Hund sich selber. Auf die
Nachbarbank setzte sich ein Mann und sah herüber.
«n'abend», sagte er.
Bienzle stand noch mal auf und setzte sich neben ihn. Der
Mann stank nach Alkohol. «Hab ich's mir doch gedacht, daß
Sie es sind – zuerst hab ich ja nur den Hund erkannt.»
«Alfons? Na so was. Ich dachte, Sie schlafen nicht
alleine?»
«Hier verirrt er sich nicht herauf.»
«Und wo sind Ihre Freunde?»
«Ppphh – Freunde – lauter Egoisten.»
Es gluckerte in der Dunkelheit. «Auch 'n Schluck?» fragte
Alfons.

«Danke nein, ich bin sozusagen im Dienst.»

«Ich hab nachgedacht», sagte Alfons.

«Aha», gab Bienzle ohne besonderes Interesse zurück.

«Ja», Alfons kicherte, «‹machst du dir mal kein Abendessen, Alfons, hab ich zu mir gesagt, machst du dir mal ein paar Gedanken›.»

«Und, sind Sie auf was gekommen?»

«Es könnte auch einer von uns sein.»

«Sie meinen, ein Penner?»

«Ja, da gönnt der eine dem anderen doch nicht mal das Schwarze unter dem Fingernagel.»

«Und ich hab immer gedacht, ihr haltet zusammen.»

«Ha!» Alfons versuchte ein Lachen. «Umgekehrt wird ein Schuh draus. Da herrscht der gelbe Neid!»

«Haben Sie einen bestimmten Verdacht?»

«Noch nicht, aber irgendwie verdichtet sich's, und dann wird er schon kommen, der Verdacht – der richtige, wohlgemerkt. Ich werd keinen denunzieren, es sei denn, er war's wirklich. Prost!»

«Ja, lassen Sie sich's schmecken.»

«Die da unten», Alfons deutete auf den Schloßgarten hinab, «die da unten haben heut wieder Angst, aber sie haben nicht die Kraft, sich zu wehren. Morgens sind sie groß und stark, da rotten sie sich zusammen, machen Pläne. ‹Wir fangen den Kerl› heißt's dann und ‹Gemeinsam sind wir stark!› Aber dann vergeht der Tag. Irgendwie kommt man zu ein paar Bier oder einer Buddel Wein, und am Abend sieht die Welt schon wieder ganz anders aus.»

Bienzle hörte dem Penner fasziniert zu. Nachdem sich die Augen an die Dunkelheit gewöhnt hatten, konnte er die Konturen von Alfons' Gesicht erkennen. Kinn und Nase sprangen weit vor. Die Augen lagen tief in den Höhlen. In diesem Licht konnte man's nicht sehen, aber Bienzle erinnerte sich an die vielen Falten, die das Gesicht wie plissiert erscheinen ließen. Die wirren Haare hingen weit in die hohe, tief gefurchte Stirn.

«Sie meinen: abends verläßt sie der Mut?»

«Sie vergessen's einfach, daß sie sich was vorgenommen haben.»

«Und warum haben sie grade heute solche Angst?» wollte Bienzle wissen.

«Weil die Anna wieder ein Feuer gesehen hat.»

«Ach so», Bienzle mußte lächeln, «die Anna hat also das Zweite Gesicht oder so was?»

«O ja», antwortete Alfons ernst, «das hat sie.»

«Und wie war's bei den vier Morden?»

«Hat sie alle vorhergesagt.»

Mit einemmal packte Bienzle eine seltsame Unruhe. Im stillen rief er sich selber zur Ordnung, aber das nutzte nichts. Er konnte sich hundertmal sagen, daß er sich von einem solchen Humbug nicht beeindrucken lasse – was blieb, war diese innere Unruhe.

«Ja, dann wollen wir vielleicht mal nach dem Rechten sehen.»

«Viel Glück», sagte Alfons. Bienzle rief seinen Hund. Der steckte in irgendeinem Gebüsch und kam erst, nachdem Bienzle seinen Ton mehrfach verschärft hatte. Und auch dann wäre er am liebsten in das Gebüsch zurückgerannt. Bienzle leinte ihn an und zog den widerstrebenden Balu mit sich davon.

Kaum waren sie die ersten Stufen zur Haußmannstraße hinuntergegangen, da teilte sich das Gebüsch und eine Gestalt trat heraus.

Alfons nahm seinen letzten Schluck aus der Zweiliterflasche, legte sich flach hin, packte mit großer Sorgfalt seine zwei dünnen Decken um seinen ausgemergelten Körper und sah zu den Sternen hinauf. An solchen schönen Sommerabenden fühlte er sich ihnen näher als sonst. Dann erfaßte sein Blick die schmale Mondsichel schräg hinter dem Kuppelturm der Sternwarte. Leise sang Alfons: «Guter Mond, du gehest soho stihille, über Nachbars Bihirnbauhaum hin.» Darüber schlief er ein.

Der Schatten näherte sich.

Bienzle stand auf dem Trottoir der Haußmannstraße, noch unentschlossen, ob er über die Werfmershalde oder die Eugenstaffel in die Stadt hinuntergehen sollte, da zerriß ein markerschütternder Schrei die Nacht. Bienzle fuhr herum. Dort oben, wo er gerade noch friedlich gesessen hatte, flakkerte ein giftig gelbes Feuer. Bienzle rannte wie um sein Leben die Staffeln hinauf. Nur halb bewußt nahm er wahr, wie ihn ein Seitenstechen überfiel.

Schreiend kam ihm Alfons entgegen – eine lebendige Fackel. Bienzle riß seine Jacke herunter, warf sie über den brennenden Mann und riß ihn mit sich auf die Erde neben der Treppe. Gemeinsam wälzten sie sich, als ob sie in einen Ringkampf auf Leben und Tod verstrickt wären. Bienzle spürte an vielen Stellen den stechenden Schmerz. Laut jaulend sprang der Hund um sie herum. Endlich war die Flamme erstickt. Bienzle lag keuchend auf Alfons. Der wimmerte wie ein Kind. «Das tut so weh», sagte er ein ums andere Mal. «Das tut so weh!»

Den ersten klaren Gedanken konnte Bienzle wieder fassen, als er auf einer Liege im Krankenwagen flach auf dem Rücken lag und registrierte, wie der Schmerz langsam wich. Eine Ärztin tupfte die Brandwunden mit einem Wattebausch ab, der mit einer angenehm kühlen Flüssigkeit getränkt war.

«Es sind keine schlimmen Verletzungen – ob der andere durchkommt, wissen wir nicht.»

«Wo ist er?» fragte Bienzle.

«Mit dem Hubschrauber unterwegs nach Ludwigshafen. Dort gibt es eine Spezialklinik für solche Verletzungen.»

Gächter schob seinen langen, dürren Körper in den Krankenwagen. «Na, du Held!» begrüßte er den Freund.

«Hat er noch was aussagen können?» fragte Bienzle.

«Alfons Schiele? – Nein, der hat zu seinem Glück das Bewußtsein verloren. – Hast du irgendwas beobachtet?»

«Müssen Sie gleich anfangen zu fachsimpeln?» ging die Ärztin dazwischen.

Bienzle beachtete sie nicht. «Der Hund vielleicht», sagte er zu Gächter, «aber das blöde Vieh kann ja net schwätze!»

«So, das wär's erst mal. Die Brandwunden sind versorgt», sagte die Ärztin. Bienzle richtete sich auf und wollte nach seinem Hemd fassen, aber das bestand hauptsächlich aus Brandlöchern.

«Die Jacke ist auch hinüber», sagte Gächter, «aber deine Brieftasche haben wir sichergestellt. Du hast übrigens mal wieder die Dienstwaffe nicht bei dir getragen!»

«Wozu auch?»

«Na ja, so nah wie du war noch nie einer von uns an dem Täter dran.»

«Komisch», Bienzle schwang seine Beine von der Liege, «womöglich hat uns der Kerl die ganze Zeit beobachtet.»

«Wäre interessant zu erfahren, woher er wußte, daß dieser Alfons Schiele heute ausnahmsweise hier oben schlafen wollte.»

Sie verließen den Krankenwagen. Bienzle sog die Nachtluft tief in die Lungen. Es war merklich kühler geworden. Balu kroch unter dem Krankenwagen hervor und setzte sich neben seinen neuen Herrn. Bienzle kraulte ihm die Ohren.

«Die Anna hat den Brandanschlag vorausgesehen. Außerdem hat der Alfons wohl Krach mit den anderen Pennern gehabt. Deshalb ist er hier rauf.»

«Der Täter muß ihm gefolgt sein», meinte Gächter.

«Oder er hat gewußt, wo der Alfons zu schlafen pflegt, wenn er sich separiert.»

Später, im Präsidium, kam noch eine dritte Version dazu. Horlacher, der an diesem Abend mit Polizeimeister Gollhofer Streife gegangen war, hatte gehört, wie Alfons seinen Kollegen lauthals ankündigte, bei so 'nem Pack bleibe er keine Minute mehr. Da wisse er was Besseres. Eine Bank mit Panoramablick, hoch über der Stadt, gleich neben der Sternwarte. Das wolle er ihnen nur sagen, damit ihn ja keiner störe. Damit sei er abgezogen. Er selbst, Horlacher, sei diesem Alfons Schiele noch gefolgt bis zur Grenze des Parks.
«Und dann biste wohl ins Bier-Eck, was?» sagte Gollhofer.
«Oder warum warste so lange verschwunden?»
Bienzle und Gächter starrten sich kurz an. Hanna Mader beobachtete die Kollegen dabei – nicht schwer zu erraten, welche Wege ihre Gedanken gingen. Frau Mader entschuldigte sich und ging in ihr Büro, um die Akten noch mal unter einem ganz anderen Gesichtspunkt als bisher zu studieren.

«Bist du so nett und fährst mich heim?» fragte Bienzle Horlacher. «Scheint's hat mich des Feuerle doch mehr mitgenommen, als ich gedacht hab.»
«Ja, ganz klar, Ernst, mach ich!» Horlacher war stolz darauf, daß Bienzle ihn darum gebeten hatte und nicht Gächter oder Haußmann.
Im Wagen fing Bienzle ein Gespräch über alte Zeiten an. «Weißt du noch...?» – «Kannst du dich noch erinnern, wie wir damals...?» – «War des net saumäßig guet, wie mir zwei seinerzeit...?»
Horlacher antwortete einsilbig. Er fuhr konzentriert und starrte dabei stur geradeaus. Bienzle musterte das bullige Gesicht des Kollegen von der Seite. Arthur Horlacher war einmal die Gewissenhaftigkeit und Verläßlichkeit in Person

67

gewesen, ein Mann, der ihm seinerzeit auf einem Lehrgang aufgefallen war, vor allem wegen seiner praktischen, zupakkenden Intelligenz. Es war nie Horlachers Sache gewesen, ein kompliziertes Gedankenpuzzle zusammenzusetzen, aber wenn schnelle, klare Entscheidungen getroffen werden mußten, traf er zu einem hohen Prozentsatz die richtigen. Dazu kamen sein Fleiß und seine Einsatzbereitschaft. Bienzle fühlte sich unwohl bei dem, was er nun vorhatte.

«Komm, laß uns noch einen trinken», sagte Bienzle, als der Wagen am Bier-Eck vorbeiglitt, «ich krieg den Brandgeschmack sonst nie aus dem Hals.»

Schweigend stoppte Horlacher den Wagen. Als er ausstieg, fragte er knapp: «Und der Hund?»

«Nehmen wir mit, ist ja ein g'übter Kneipenhund.»

Sie betraten das Lokal. Olga sah ihnen entgegen. Natürlich hatte sich der neuerliche Anschlag längst bis hierher herumgesprochen. «Wie sehen Sie denn aus?» fragte sie Bienzle. Erst jetzt wurde ihm bewußt, daß sein Haar angesengt und die Haut voller Flecken war, zudem trug er zusammengewürfelte Klamotten: ein Hemd, das über dem Bauch spannte, und eine Jacke, deren Ärmel um zehn Zentimeter zu kurz waren.

«Na ja, wo er doch den Alfons g'löscht hat», rief einer von Olgas Stammgästen und schickte dem Satz ein irres Lachen nach.

«Ist auch das erste Mal, daß sich einer von euch Bullen für uns einsetzt», rief ein anderer. Sofort verengten sich Horlachers Augen. Er schob den Kopf vor und knurrte: «Halt du bloß dei domme Gosch, sonscht kriegscht glei oine verpaßt.»

«Laß gut sein!» sagte Bienzle und bestellte ein Bier für Horlacher und einen Wein für sich selber. Horlacher ging an einen Tisch voraus – Zeit für Bienzle, Olga rasch zu fragen, ob er am vorausgegangenen Abend auch dagewesen sei. «Ausnahmsweise nicht», sagte Olga mit einem abschätzigen Blick auf Horlacher.

Bienzle nahm einen gefüllten Bierkrug unter dem tropfenden Hahn hervor und ging zu Horlacher an den Tisch.

Am Nachbartisch saß ein Mann allein. Er hatte auf dem Stuhl neben sich einen prall gefüllten Rucksack abgestellt. Unter der Lasche des Rucksacks war eine ISO-Decke sauber zusammengerollt. Ein paar Tische weiter saß Anna mit einem dicklichen, aufgeschwemmten Penner, den sie im Park «Fette» nannten. Anna nickte Bienzle zu und machte ihm ein Zeichen. Sie deutete kurz auf den Mann mit dem Rucksack. Bienzle entschuldigte sich bei Horlacher und setzte sich zu Anna und Fette an den Tisch. «Der dort», zischte Anna.

«Ja?»

«Der große Schweiger!»

Um Namen waren sie nie verlegen, die Leute aus dem Park.

«Aha», sagte Bienzle ohne großes Interesse und wollte wieder aufstehen, aber Annas Hand legte sich auf seine Knie. «Er hat den Täter gesehen – sagt er», stieß Anna zwischen den Zähnen heraus.

«Sagt er, der Schweiger, so so», gab Bienzle zurück.

Fette nickte eifrig. «Ich hab's auch gehört, aber danach hat er's immer wieder bestritten.»

Bienzle nickte den beiden zu und bestellte ihnen ein Bier auf seine Rechnung. Auf dem Weg zurück zu Horlacher blieb er neben dem Mann, den Anna den Schweiger genannt hatte, stehen. «Darf ich?» fragte er. Der Mann machte eine gleichgültige Geste. Horlacher starrte herüber. Bienzle setzte sich. Olga brachte ihm sein Viertel Rotwein. «Bienzle, mein Name», sagte der Kommissar zu seinem Tischnachbarn. Der Mann schien durch ihn hindurchzuschauen. Vom Nebentisch rief einer: «Geben Sie sich keine Mühe, Herr Kommissar, der schwätzt net mit jedem!» Bienzle sah hinüber und sagte gemütlich: «Ich bin froh über jeden, der net zu viel

schwätzt!» Zu Olga sagte er: «Bring noch a Viertele!» Er
schob einstweilen dem Schweiger sein eigenes hin.

Der Mann sagte: «Vergelt's Gott!» Er sah den Hund an,
nickte ein paarmal und sagte: «Dem Oswald sein Hund?»

«Zug'laufe, im Park.»

«Ja, der Hund ist nicht dumm!»

Balu knurrte. Der Mann rückte auf seinem Stuhl etwas zurück.

«Sie haben den Oswald gekannt?» fragte Bienzle.

«Morgen wird er beerdigt», gab der Mann zurück. Damit
stand er auf, trank das spendierte Glas in einem Zug leer und
ging hinaus. Bienzle erhob sich seufzend, nahm sein Glas und
ging zu Horlacher hinüber. Als er an Annas Tisch vorbeikam,
sagte sie: «Er heißt Kögel, Horst Kögel!»

«Danke», sagte Bienzle und setzte sich zu Horlacher.

«Also!» sagte Horlacher auffordernd.

«Hmm?»

«Du willst doch was von mir.»

Bienzle wußte nicht, wie er's anfangen sollte. Jetzt hätte er
etwas von der Direktheit haben sollen, die Horlacher früher
ausgezeichnet hatte.

«Ich will einfach mal in Ruhe mit dir spreche.»

«Wegem Saufe, hä?»

«Ja, des auch.»

«Bienzle, das weißt du doch, ich bin doch kein Alkoholiker.
Ein Alkoholiker ist total abhängig, aber ich – ich kann doch
jederzeit aufhöre, wenn ich will, kein Problem.»

«Dann hör bitte auf.» Bienzle nahm ihm spielerisch den Bierkrug weg.

«Wenn ich will, hab ich g'sagt.» Horlacher zog rasch das Bier
wieder an sich.

Fette, der dem Gespräch gefolgt war, rief herüber: «Man
fängt an, gute Ratschläge zu geben, wenn man selber kein
schlechtes Vorbild mehr sein kann!»

Bienzle wandte sich zu dem dicklichen Penner um und nickte ihm anerkennend zu. «Nicht schlecht, Fette, gar nicht schlecht!» Dann sah er aber wieder Horlacher an, der dem Blick des Kommissars auswich. «Der Täter muß einer sein, der genau weiß, wann unsere Leute wo postiert sind.»

«Ha, jetzt komm, das würde ja bedeuten...»

«... daß es einer von uns ist.»

«Ausgeschlossen», sagte Horlacher mit großer Überzeugung.

«Es sind ja nicht viele, die zur Tatzeit immer mit dabei waren.»

«Ist was für den Haußmann», sagte Horlacher, «der rechnet dir das in zehn Minuten aus den Dienstplänen raus.»

«Und du meinst, wir müßten uns vor dem Ergebnis nicht fürchten?»

«Na ja, beschissen wär's immer, wenn einer von uns die Finger mit drin hätt'.»

Bienzle sah Horlacher forschend an. Kaum, daß er das Gespräch mit dem Kollegen begonnen hatte, zerrannen seine Verdachtsmomente wie Sand zwischen den Fingern. Schon schämte er sich, daß er überhaupt auf die Idee gekommen war, Horlacher könnte etwas mit den Attentaten auf die Penner zu tun gehabt haben. In diesem Augenblick wurde die Tür zur Kneipe aufgestoßen. Ein alter Mann auf zwei Krücken schob sich mühsam herein und sah sich nach einem Platz um. Seine trüben Augen blieben an Horlacher hängen. Langsam humpelte er auf ihn zu. Als er den Tisch erreichte, richtete er sich auf seinen Krücken so hoch auf, wie er's schaffte, und sagte:

«Ich glaub dir das nicht, daß es ein Versehen war.»

Bienzle sah aufmerksam vom einen zum anderen. Der alte Mann war nicht weniger heruntergekommen als all die anderen Nichtseßhaften hier in der Kneipe. Aber er hatte ein schönes, gleichmäßiges Gesicht – trotz der eingefallenen Wangen und der Bartstoppeln.

«So ungefähr stell ich mir den alten Moses vor», sagte Bienzle zu Horlacher.

«Welchen Moses?» fragte der zurück.

«Na, den aus der Bibel.»

«Du bist ein hinterhältiger Mensch, auch wenn's dir nachher vielleicht sogar leid tut», sagte der Mann an den Krücken.

«Laß uns in Ruhe, Alter», preßte Horlacher hervor.

«Beim erstenmal hätt's ja noch ein Versehen sein können – im Park, als es so geregnet hat...»

Bienzle begriff plötzlich. Er sah Horlacher entsetzt an.

«Sag bloß, du warst das?»

«Was?» schnappte Horlacher.

«Du hast dem alten Mann da die Krücken weggetreten?»

«Was schwätzscht denn da?»

«Ich war zufällig Zeuge, Arthur, ich war auch im Park. Aber weil's so schlimm geregnet hat, hab ich dich nicht erkannt.»

Der Mann wendete sich ab und lehnte sich und seine Krücken an den Tresen.

Bienzle gab Olga einen Wink, sie möge ihn auf seine Rechnung bedienen. Dann wendete er sich ganz Horlacher zu.

«Arthur, es muß was geschehen.»

«Ich fahr dich jetzt heim», gab Horlacher zurück.

Bienzle schüttelte sanft den Kopf. «Woher kommt bloß der Haß gegen die Menschen, denen's doch sowieso schon dreckig geht, Arthur.»

«Ich hab g'sagt, wir fahren jetzt.»

Bienzle wußte genau, wie verstockt Horlacher werden konnte. Trotzdem machte er noch einen Versuch. «Du mußt mir das erklären, Horlacher.»

«Ich muß gar nix. Wenn du net willscht, da sind die Wagenschlüssel!» Er warf sie auf den Tisch und stand auf.

Bienzle sagte mit ungewohnter Schärfe in der Stimme: «Wo warst du gestern abend zwischen 21.30 und 22.30 Uhr?»

Horlacher ließ sich auf den Stuhl zurückfallen und starrte Bienzle perplex an.

«Warum fragst du mich das?»

«Krieg ich jetzt eine Antwort?»

«So nicht, Bienzle, so nicht!» schrie Horlacher, daß es jeder im Lokal hören konnte. «Ich hab ja g'merkt, daß was gege mich läuft in der Dienststelle, aber daß du dich zu so was versteigst, das ist nun allerdings unfaßlich.» Er wiederholte, jede Silbe betonend: «Un – faß – lich!»

«Komm, hör auf, dir selber leid zu tun!»

Aber Horlacher hörte gar nicht mehr zu. «Da gibt man jahrelang sein Äußerstes, setzt sich ein, schiebt Überstunden, riskiert sein Leben, jawoll, sein Leben...»

Bienzle stand auf. «Das ist ja nicht mit anzuhören!» Er warf Geld auf den Tresen und ging hinaus. «Ich lauf!» rief er noch zu Horlacher hinüber. Unter der Tür hörte er noch, wie Horlacher ein Bier und einen doppelten Obstler bestellte. Balu hatte Mühe, mit seinem neuen Herrn Schritt zu halten.

Als er nach Hause kam, war er todmüde und schlecht gelaunt. Er bemühte sich, Hannelore nicht zu stören. Leise ging er ins Bad und betrachtete die Pflaster und Verbände, die aus seiner Haut den reinsten Flickerlteppich machten. Plötzlich stand Hannelore hinter ihm. Sie schlug entsetzt die Hand vor den Mund. Bienzle sah's im Spiegel. Mit einem schiefen Grinsen sagte er: «In Ausübung meiner Pflicht verwundet!»

«Schlimm?» fragte sie und berührte eines der Pflaster vorsichtig mit den Fingerspitzen.

«Nicht so schlimm, daß ich dich von deiner Arbeit abhalten müßte. – Wie kommst du voran?»

Sie küßte ihn auf die Nasenspitze. «Seitdem du mich gelobt hast, komm ich unheimlich gut voran. Aber jetzt erzähl endlich: Was ist passiert?»

«Morgen», sagte Bienzle. «Vielleicht hab ich einen von ihnen gerettet, vielleicht hab ich auch nur seinen Tod hinausgezögert.»

«Und du selber?»

«Siehste ja – ich hab mir die Finger dabei verbrannt – und nicht nur die!»

Er ging in die Küche, entkorkte eine Flasche Rotwein und zog sich mit dem Wein ans Klavier zurück. Hannelore hörte ein paar Augenblicke zu. An der Art, wie Bienzle spielte, konnte man gut ablesen, in welcher Gemütsverfassung er war. So abgehackt und dissonant wie in dieser Nacht spielte er nicht oft. Hannelore war froh, als das Telefon ging und der erste Nachbar sich beschwerte.

Bienzle warf sich auf die Couch. Ein paar Minuten später war er eingeschlafen.

FREITAG

Als er aufwachte, stieg ihm würziger Kaffeeduft in die Nase. Hannelore huschte auf Strümpfen durch die Wohnung. Balu lag wie ein Bettvorleger vor der Couch. Er schnaufte tief und zufrieden. Mühsam brachte Bienzle seinen schweren Körper in die Senkrechte. Er stapfte in die Küche, goß sich einen Becher Kaffee ein und ging damit in Hannelores Arbeitszimmer. Sie sah müde und übernächtigt aus. Bienzle blieb hinter ihr stehen und legte seine linke Hand in ihren Nacken.

«Ich hab einen Durchhänger», sagte sie.

«Ist doch ganz normal.»

«Aber ich darf nicht in Verzug kommen!» In Hannelores Stimme schwang die Panik mit, die sie langsam überkam. Bienzle wußte längst, daß man da nichts tun konnte. Also marschierte er ins Bad, um wenigstens die Stellen zwischen den Verbänden und Pflastern zu waschen.

Natürlich hätte er sich in diesem Zustand krank schreiben lassen können. Aber er hatte ein untrügliches Gespür dafür, wann ein Fall sich seinem Ende näherte. Und dieses Gefühl hatte er seit der letzten Nacht.

Also zog er sich frisch an, ging eine lange Runde mit dem Hund und fuhr dann allein mit der Straßenbahn ins Präsidium.

Hanna Mader erwartete ihn bereits ungeduldig. Er hatte den großen Raum, in dem die Sonderkommission untergebracht war, noch kaum betreten, da überfiel sie ihn bereits: «Wir

75

müssen sofort ein sehr ernstes Gespräch mit dem Kollegen Horlacher führen.»

«Aha», sagte Bienzle.

«Den Herrn Präsidenten habe ich schon benachrichtigt.»

Bienzles Miene verfinsterte sich. «So», sagte er knapp.

«Ja, ich weiß, ich hätte Sie zuerst unterrichten sollen...»

«Aber Sie haben's nicht für nötig gehalten!» Bienzle war stinksauer. Hanna Mader setzte sich mit einem Bein auf Bienzles Schreibtisch – Absicht oder nicht, der Rock rutschte dabei sehr weit hoch. Auch Frau Kommissarin Maders Beine waren makellos.

«Vielleicht wären Sie besser Mannequin geworden oder Fotomodell», sagte Bienzle und erhob sich, um dem verwirrenden Einblick zu entgehen.

«Wenn ich eins nicht leiden kann...», rief Frau Mader und sprang von Bienzles Tisch...

«Dann sind es Männer, die auf mein Aussehen anspielen, wenn's um meine fachlichen Qualitäten geht», vollendete Bienzle gnatzig ihren Satz.

Frau Mader sah ihn überrascht an. Bienzle nutzte den Moment und fuhr fort: «Der Kollege Horlacher war jedesmal am Tatort, wenn einer dieser Feuerüberfälle geschah. Er ist labil. Ein Trinker. Ein Mann, der Angst haben muß, auf die Schattenseite des Lebens zu geraten. Ein Gefährdeter – geb ich alles zu. Aber ich kenne ihn seit fünfzehn Jahren, und ich weigere mich, zu glauben, daß er ein Mörder ist.»

«Aber wenn sich die Indizien so häufen...»

«Sie haben ja recht. Am besten, ich geh zum Präsidenten und laß mich von der Aufgabe des Kommissionsleiters entbinden.»

«Du brauchst nicht zu mir kommen, Ernst, ich bin schon da. Und das mit der Entbindung schlägst dir aus dem Kopf. Ich werde dabei jedenfalls nicht die Hebamme spielen.»

Hauser stand auf der Türschwelle. Während sich Bienzle zu

76

dem mißglückten Scherz ein höfliches kleines Lachen ab-
zwang, registrierte Frau Mader verwundert, daß sich die beiden offensichtlich duzten. «Wir waren zusammen auf den
ersten Lehrgängen», erklärte der Präsident, der dies bemerkte, und Bienzle ergänzte: «Nur, er hat's weitergebracht.»
«Aber bloß weil du zu faul warst, noch ein Studium dranzu-
hängen.»
Frau Mader sah vom einen zum anderen. Die beiden be-
herrschten ihr kleines Spiel ganz gut.
Weiter wollte es Bienzle jedoch nicht treiben. Er wurde sofort
wieder ernst. «Tatsache ist», sagte er, «daß Horlacher hinrei-
chend verdächtig ist, um einmal genauer unter die Lupe genommen zu werden, zumal ich über Frau Maders Erkennt-
nisse hinaus noch andere habe...»
Das Telefon klingelte, Bienzle hob ab und meldete sich. Am
anderen Ende war Doris Horlacher. Mit tränenerstickter
Stimme sagte sie: «Ich muß den Arthur krank melden,
Ernst.»
«Kein Problem», sagte der Kommissar, «ist was passiert?»
Frau Horlacher schluckte und begann zu weinen.
«Schwätz doch!» sagte Bienzle.
«Er hat mich heut nacht g'schlagen. Zum erstenmal. Und so
schlimm. Und der Uli ist dazugekommen. Der Bub ist total
verstört.»
«Und du auch», sagte Bienzle, «kann man ja verstehen!»
Bevor er auflegte, sagte er noch: «Ich komm nachher auf
einen Sprung zu euch raus.»
«Was Wichtiges?» fragte Hauser.
«Frau Horlacher meldet ihren Mann krank.»
Hanna Maders Gesicht bekam einen triumphierenden
Zug.

77

Hauser nahm Bienzle am Arm und führte ihn hinaus auf den Korridor. Dort gingen sie dicht nebeneinander in gemessenen Schritten auf und ab.

«Man hätt' schon lang was für den Horlacher tun müssen», sagte Bienzle.

«Es gibt ein Anti-Alkoholismus-Programm in der Polizei.»

«Aber die Initiative, da mitzumachen, hat der Horlacher nicht.»

Hauser blieb stehen und wandte sich Bienzle frontal zu. «Steckt er hinter den Feuerüberfällen?»

Bienzle schwieg. Er dachte nach. Gestern abend noch, als er mit Horlacher gesprochen hatte, war ihm der Gedanke absurd vorgekommen. Aber jetzt...?

«Ich muß mit ihm reden», sagte Bienzle, «und zwar jetzt gleich. Ich muß einfach Klarheit haben!» Er ließ Hauser stehen und rannte die Treppe hinunter.

Uli Horlacher saß in der Küche und starrte vor sich hin, als seine Mutter Ernst Bienzle hereinbrachte. «Der Arthur schläft noch», hatte sie an der Wohnungstür gesagt, als sie den Kommissar einließ. Bienzle grüßte den Jungen.

«Grüß dich, Uli!»

Der Bub sah nicht einmal auf.

«Geh bitte in dein Zimmer», sagte Doris Horlacher ruhig, «ich muß mit dem Herrn Bienzle allein reden.»

Der Junge ging, noch immer mit gesenktem Kopf, hinaus. Bienzle und Doris Horlacher setzten sich an den Tisch. «Trinkst was?» fragte Doris. Bienzle schüttelte den Kopf und sagte nur: «Erzähl!»

«Für seine Verhältnisse war er eigentlich ganz gut beieinander, als er heut nacht heimkam.»

«Wann war das?»

«Elf Uhr vielleicht. Ich hab hier noch eine Näharbeit g'macht.

78

Die Buben haben ferng'sehen. Sie hätten heut ausschlafen können. Schon als er reingekommen ist, der Arthur, hab ich g'spürt, er hat einen Sauzorn.»

«Und ich war schuld», sagte Bienzle.

«Für einen Säufer sind immer alle anderen schuld, bloß er nicht! – Jedenfalls hat er noch nicht mal ‹Grüßgott› g'sagt, ist schnurstracks zum Kühlschrank und wollt' die Schnapsflasch' lange.»

«Und die hast du weg?»

«Ja – Schnaps verträgt er am allerwenigsten. Natürlich hat er einen Mordszauber g'macht, hat mich beschimpft wie überhaupt noch nie. Und ich bin dann leider auch nicht ruhig geblieben und hab ihm endlich alles g'sagt, was sich da in letzter Zeit so ang'sammelt hat.»

«Und das war bestimmt nicht wenig», sagte Bienzle mit einem Seufzer.

«Da ist er g'standen.» Doris Horlacher zeigte auf einen Punkt mitten in der Küche. «Ich hab's nicht g'merkt, daß bei ihm die Sicherungen durchgebrannt sind. Plötzlich macht er einen Satz, packt mich an den Haaren, reißt mich hoch und schlägt mich ins G'sicht, dann wirft er mich auf den Boden und tritt nach mir.» Die Erinnerung packte Doris Horlacher so heftig, daß sie zu zittern begann. Ihr Atem ging stoßweise, die Hände verkrampften sich ineinander. «Und dann ist da plötzlich der Uli auf der Türschwelle g'standen und hat in seinen kleinen Händen dem Arthur seine Dienstpistole. Komischerweise war der Bub in dem Moment ganz ruhig. ‹Hör auf, Papa, oder ich schieß›, hat er g'sagt. Und dann noch: ‹Du kannst ja mich schlage, wenn du es brauchst, aber doch net d'Mama!› In dem Augenblick muß der Arthur begriffen haben, was er getan hat. Wie versteinert ist er dag'standen.» Jetzt liefen Tränen über das schöne, großflächige Gesicht von Doris Horlacher.

«Was danach kam, war fast noch schlimmer. Förmlich zusammengebrochen ist er. Hier am Küchentisch, und hat's Jammern ang'fangen. ‹Soweit ist es mit mir gekomme›, hat er immer wieder gestöhnt.»

Bienzle öffnete die Zigarilloschachtel, sah Doris fragend an, und als sie zustimmend nickte, zündete er sich eins an. Die Rauchwolke, die er ausstieß, breitete sich wie Nebelschwaden über der Tischplatte aus.

«Sein Papa war halt immer ein großer Held, sein Abgott», sagte Doris Horlacher, «damit wird der Bub nicht so leicht fertig.»

Bienzle nickte. «Für den Arthur war's ja vielleicht ein heilsamer Schock.»

Doris Horlacher schüttelte langsam den Kopf.

«Ich kann nicht mehr. Nach dem, was heut nacht passiert ist, kann ich nicht mehr, Ernst.»

Bienzle senkte seinen schweren Kopf und sah auf die Glut des Zigarillos hinab, aus der eine dünne Rauchsäule aufstieg.

«Ich würd dir gut zureden, Doris, wenn ich nicht so genau wüßte, daß das im Augenblick nichts nützt. Vielleicht kannst du's ihm ja später mal verzeihen.» Bienzle ruckte mit den Schultern, holte tief Luft und fuhr fort:

«Wo ist er überhaupt, ich hab mit ihm zu reden.»

«Aber doch nicht deshalb?»

«Nein, dienstlich», sagte Bienzle knapp.

«Er liegt noch im Bett, ich sag ihm Bescheid.»

«Nicht nötig.» Bienzle erhob sich und stand einen Augenblick dicht vor Doris. Er legte spontan den Arm um ihre Schultern und drückte sie an sich.

«Es kommen auch wieder bessere Zeiten», sagte er und war sich sofort bewußt, wie banal und schal der Spruch jetzt wirken mußte.

Horlacher lag auf dem Bauch im linken der beiden Ehebetten. Das rechte war offensichtlich nicht benutzt worden. Aus dem hatte Horlacher das zweite Kissen genommen und über seinen Kopf gestülpt. Bienzle zog es weg und warf's in Doris' Bett hinüber. «Laß des!» knurrte Horlacher.

«Los, wach auf!» fuhr ihn Bienzle an.

Horlacher warf sich herum und starrte seinen Vorgesetzten entgeistert an.

«Ja, ich bin's, und ich will jetzt ein paar klare Antworten auf ein paar klare Fragen.»

Horlacher warf sich wieder auf den Bauch und kreuzte die Arme über dem Hinterkopf.

«Ich kann dich auch vorläufig festnehmen. In Stammheim ist jede Zelle eine Ausnüchterungszelle.»

Horlacher machte wieder die Wende auf den Rücken. «Du? Mich?? Warum?»

«Wegen des Verdachts auf Mord in vier Fällen und schwerer Körperverletzung in einem Fall.»

Langsam richtete sich Horlacher auf, kreuzte die Arme an den Handgelenken und sagte: «Bitte. Wenn du wieder amal keine Handschellen bei dir hast, dort drübe am Gürtel von meiner Hos hänget a Paar.»

«Ich will nur eine klare, definitive Aussage und möglichst einen stichhaltigen Beweis, daß du's nicht warst.»

«Du hältst es also für möglich?» Horlacher sah Bienzle lauernd an.

«Wie oft hab ich schon g'sagt, daß ich jedem Menschen einen Mord zutraue.»

«Du willst mir also die Pennermorde anhänge?»

«Das Gegenteil will ich. Aber ich brauche Beweise.»

«Ja warum? Warum brauchst du Beweise?»

«Weil's in unserem Job nun mal nicht nach Treu und Glauben geht, Arthur. Und weil du der einzige warst, der immer in der Nähe des Tatorts war, wenn's passiert ist. Und weil ich beob-

81

achtet hab, wie du dem alten Penner die Krücken weggetreten hast.» Er steigerte die Lautstärke von Satz zu Satz. «Und weil du in letzter Zeit total neben der Kapp bist – unberechenbar, jähzornig, mit dir und der Welt zerstritten. Und weil du gestern abend dem Alfons gefolgt bist und erst nach einer knappen Stunde wieder zu deinen Kollegen gestoßen bist. Langt das?»

Horlacher saß jetzt im Schneidersitz im Bett, die Ellbogen auf die Knie gestützt und den Kopf in den Händen vergraben. «Und weil ich heut nacht mei Frau schier z'Tod g'schlage hab!» murmelte er. Dann sah Horlacher Bienzle aus seinen verquollenen Augen an. «Trotzdem, ich hab diese armen Schweine net totg'schlage und net an'zündet.»

Bienzle zog einen Stuhl heran, auf dem ein unordentlich zerknüllter Kleiderhaufen lag. Er setzte sich drauf, ohne ihn wegzuräumen. «Wenn du mich jetzt anlügst, Horlacher...!»

Horlacher fuhr wütend auf. «Ich lüg dich nicht an!»

Draußen fiel eine Tür ins Schloß. Horlacher horchte einen Moment auf. Bienzle sagte: «Wenn du nichts damit zu tun hast, biete ich meinen ganzen Grips und meine Arbeitskraft auf, um's zu beweisen. Aber wehe, du lügst.»

«Ich sag doch, ich lüg nicht.»

«Also komm, dann zieh dich an.»

«Und?»

«Du wirst im Präsidium erwartet.»

Dort lief um diese Zeit ein Verhör, das Kommissarin Hanna Mader mit dem 26jährigen Untersuchungsgefangenen Andreas Kerbel durchführte.

«Ich bin mit Ihnen darin einig, daß es einen Unterschied macht, ob das Opfer eines Mordes ein wichtiges Mitglied unserer Gesellschaft ist oder ein Mensch, der längst die Verantwortung abgegeben hat und auf unser aller Kosten lebt», sagte Frau Mader gerade.

«Das habe ich nie so gesagt», gab Kerbel zurück.

«Auch nicht gedacht?»

«Ich kann Ihnen allenfalls bestätigen, daß ich diesen Gedanken nachvollziehen kann – emotionslos, sozusagen, als ein Faktum, das, theoretisch betrachtet, richtig ist.»

Frau Mader schlug die Beine übereinander. Die gemusterten schwarzen Seidenstrümpfe knisterten leise. Sie legte sechs Fotos auf den Tisch und fächerte sie auf, wie ein Kartenspiel.

«Schauen Sie sich die Bilder an.»

Kerbel warf nur einen kurzen Blick darauf.

«Das ist sechsmal DfS.»

«Wer oder was bitte?»

«Bei mir hat er dieses Kürzel: DfS für = der fleißige Schwabe.»

Hanna Mader gönnte sich ein kleines Lächeln.

«Und wie kommt er zu dem Ehrentitel?»

Nun lächelte auch Kerbel ein wenig. «Er war eben öfter als andere zur Stelle, machte sich eifrig Notizen, beobachtete die Penner, aber auch seine eigenen Kollegen...»

«Sie meinen, er könnte der Täter sein?» Frau Mader bereute sofort, so weit vorgeprescht zu sein. Andreas Kerbel sah sie an und schwieg.

«Ja, ich verstehe Sie ja.» Frau Mader versuchte zu retten, was zu retten war. «Ich habe Ihnen versprochen, nicht über die Morde zu reden. Aber unsere mehr allgemeinen Erörterungen vorhin haben Sie doch auch nicht gestört.»

«Im Grunde unterhalte ich mich gerne mit Ihnen», antwortete der junge Mann, blieb aber weiter reserviert. Frau Mader beugte sich vor und legte ihre Hand auf sein Knie. «Sie müssen mich bitte auch verstehen, Herr Kerbel: Es gibt Verdachtsmomente, schwere Verdachtsmomente, die Horlacher belasten. Er ist ein Kollege, wenn auch keiner, der mir besonders nahesteht. Wenn er's war – was Gott verhüten möge –, aber wenn er's war, müssen wir ihn schnell auf Nummer Sicher bringen.»

Während Hanna Mader sprach, lehnte sich Kerbel zum erstenmal versonnen zurück, schaute scheinbar gedankenverloren auf diesen schönen vollen Mund. Ein Lächeln überflog sein Gesicht. Schließlich sagte er: «Ich kann Ihnen keine Beweise liefern, aber ich würde mit jedem wetten...» Er machte eine Kunstpause und hämmerte mit der Kuppe seines Zeigefingers auf einem der Fotos herum: «Dieser Mann war's.»

Bienzle betrat mit Horlacher das Präsidium. Im Treppenhaus traf er auf Haußmann und Gächter. Beide waren bereit, ihre Berichte zu erstatten – Haußmann über Charlotte Fink und Gächter über seine «Benzinkanister-Recherche» – wie er's nannte. Zu Haußmann sagte Bienzle: «Das hat Zeit», Gächter sah er auffordernd an. «Die Angaben von Herrn Kerbel stimmen. Aber was beweist das?»

«Bitte?»

«Steht irgendwo, daß man mit geschenkten Kanistern keine Penner anzünden kann?»

«Aber die Dinger waren leer.»

«Stimmt», sagte Gächter und steckte eine seiner selbstgedrehten Zigaretten zwischen die Lippen, «aber davor waren sie schon mal voll.»

In diesem Augenblick öffnete sich Frau Maders Tür. Zwei uniformierte Beamte führten Kerbel in Handschellen ab. Frau Mader erschien auf der Schwelle. Bienzle und die anderen im Treppenhaus hörten noch, wie sie sagte: «Ihre Bereitschaft zur Mitarbeit wird sich in jedem Fall positiv auswirken.» Erst dann sah sie ihre Kollegen und errötete.

Kerbel blieb kurz stehen, sagte höflich «Tag, Herr Bienzle», starrte Horlacher einen Moment ins Gesicht, nickte und sagte: «Ja, kein Zweifel!» Dann ging er weiter.

Bienzle war mit ein paar schnellen Schritten bei Frau Mader, schob sie resolut in ihr Büro zurück, schlug die Tür zu und lehnte sich dagegen.

«Was bedeutet das?»

«Ich habe Kerbel noch mal zu einem Verhör vorführen lassen.»

«Führen Sie jetzt die Ermittlungen?»

«Nun, Sie waren nicht da. Durch die Entwicklung in den letzten Stunden hielten es der Herr Präsident und ich für zwingend geboten, Kerbel ein paar Fragen zu stellen. Immerhin ist er nicht nur ein Tatverdächtiger, sondern auch ein Zeuge!»

«Er hat Horlacher erkannt, nehm ich an.»

Bienzle hatte das so ruhig gesagt, daß Hanna Mader irritiert zu ihm aufsah. «Er behauptet sogar, daß Horlacher der Mörder in den ersten vier Fällen war!»

«Da kann ich mir vorstellen, wie Sie gefragt haben, Frau Kollegin.»

«So? Wie denn?»

«Eben so, daß diese Antwort herauskommen mußte. Wenn er Beweise oder zwingende Beobachtungen auf den Tisch des Hauses gelegt hätte, hätten Sie mir die ja wohl kaum verschwiegen.»

«Seine Aussage finde ich jedenfalls alarmierend genug!»

«Ich kann Sie nicht hindern – Sie und den Herrn Präsidenten», sagte er. «Haftbefehl schon beantragt?»

«Gegen wen?»

«Na, gegen Horlacher. Im Augenblick ist der Mann nirgendwo besser aufgehoben als im Knast. Lassen Sie ihn festnehmen. Ich hab nichts dagegen.»

Bienzle ging hinaus. Auf dem Korridor standen Haußmann, Gächter und Horlacher zusammen. Gächter rief zu Bienzle herüber: «Der Präsident will dich sprechen – dringend.»

«Sag ihm, Frau Mader vertritt mich.» Er schritt an dem Trio vorbei, machte aber noch mal kehrt und sah seine drei Mitarbeiter nacheinander an.

«Am besten, er überträgt ihr die Leitung der Sonderkommission Pennermorde.»

«Und was machst du?» fragte Gächter.

«Ich gründe eine Ein-Mann-Sonderkommission, um Arthur Horlachers Unschuld zu beweisen.»

Damit stapfte er die Treppe hinunter. Haußmann lehnte sich übers Geländer. «Wo gehen Sie denn jetzt hin?»

«Zu einer Beerdigung, und anschließend mach ich einen Besuch, der längst fällig gewesen wäre.»

Bienzle hatte noch etwas Zeit. In einem kleinen Blumenladen kaufte er einen bunten Strauß aus verschiedenfarbigen Astern. Hannelore arbeitete unverdrossen an ihren Illustrationen. Sie hatte eine Flasche Sekt aufgemacht und trank in homöopathischen Dosen. Irgendwer hatte ihr einmal erklärt, daß man so jedes Tief überwinden könne. Als Bienzle den Blumenstrauß vor sie hinstellte, sah sie überrascht auf. Ihre Augen hatten rote Ränder. «Und wenn du fertig bist, gibt's zur Belohnung ‹Geschichten aus dem Wienerwald›», sagte Bienzle, zog die beiden Theaterkarten aus seinem Geldbeutel und steckte sie zwischen die Blüten. «Bienzle, du bist ein Schatz», sagte sie.

«Ja, ich weiß», gab er zurück und küßte sie in den Nacken. Dann rief er den Hund.

«Wo willst du denn hin?» fragte Hannelore.

«Auf den Friedhof!» Bienzle ging hinaus.

Das Wetter hatte schon wieder umgeschlagen. Ein kalter Wind fegte über den Friedhof und trieb den Staub von den Wegen und das welke Laub vor sich her.

Am Friedhofseingang stoppte ein eifriger Wärter den Kommissar, um ihm zu sagen, daß Hunde keinen Zutritt hätten. Bienzle sah den Wärter eindringlich an und sagte: «Kennen Sie die Geschichte vom Krambambuli?»

Der Wärter reagierte unsicher wie jemand, der sich dunkel
erinnert, aber nicht weiß, wo er seine Erinnerung hintun soll.
«Krambambuli?» wiederholte er fragend.
«Rotz und Wasser hab ich g'heult, als wir das in der Schule
gelesen haben. Dem Hund stirbt sein Herr, weit weg von da-
heim, und dort wird er auch begraben.»
«Ja, scho möglich», sagte der Friedhofswärter.
«Der Krambambuli, also der Hund, spürt's und macht sich
auf den Weg – ich weiß nimmer wie weit, aber es müsset a
paar hundert Kilometer g'wese sein nach meiner Erinnerung.» Bienzle kratzte sich am Kinn und spürte, wie die Tränen gegen seine Augen drängten. «Jedenfalls, als er endlich
angekommen ist, war's schon zu spät. Da hat er sich aufs
Grab von seinem Herrn gelegt, und niemand hat ihn wegbe-
wege könne. Er ist dann genauso gestorben wie sein Herr»,
vollendete Bienzle schnell, weil er merkte, daß er womöglich
der eigenen Rührung nicht Herr werden konnte.
«Und was hat des jetzt mit dem da zu tun?» wollte der Wärter
wissen und deutete auf Balu.
«Nix», gab Bienzle zurück. Er zog seinen Polizeiausweis und
hielt ihn dem Wärter unter die Nase. «Wo wird denn der
Penner vergrabe?» fragte er.
Der Wärter zeigte stumm zum hintersten Teil des Friedhofs
hinüber.

Außer den vier Sargträgern, dem Pfarrer und Horst Kögel,
dem großen Schweiger, der heimlich eine glimmende Zigarette in der hohlen Hand hielt, war niemand gekommen. Der
Pfarrer hieß Hermann Wiegandt, wie Bienzle dem Anschlag
am Friedhofseingang entnommen hatte. Wiegandt öffnete
seine Bibel, nahm sein Manuskript heraus und faltete es auseinander. Die Sargträger sahen sich an. Wiegandt studierte
kurz seinen Text, warf dann einen Blick auf die Sargträger
und den Mann mit der Zigarette und faltete dann entschlos-

sen das Papier wieder zusammen. Die Sargträger atmeten auf. Kurz und schmerzlos mußte man so einen unter die Erde bringen.

In diesem Augenblick trat Bienzle mit dem Hund hinter einem Baumstamm hervor.

«Wir beerdigen heute einen Menschen», hob der Pfarrer an. «Jesus hätte ihn seinen Bruder genannt!» Er unterbrach sich, räusperte sich und setzte erneut an: «In was für einer Zeit leben wir? Was sind das wohl für Leute, die eigentlich hier sein sollten, aber nicht hier sind?»

Bienzle, der bis hierhin mit halbem Ohr zugehört hatte, horchte plötzlich auf. «Kann man die Mißachtung des Menschen für den Menschen irgendwo deutlicher sehen als hier?» donnerte Wiegandt über den leeren Friedhof. Die Träger richteten sich unwillkürlich auf und nahmen so etwas wie Haltung an. Kögel ließ die Zigarette fallen und trat sie aus. «Der Mann in diesem Sarg ist elend zugrunde gegangen», fuhr der Pfarrer fort. «Und elend wird er nun begraben. Hier gibt es mehr Grund zum Weinen als auf jeder anderen Beerdigung. Tränen der Trauer und Tränen der Wut. Noch nie hat mich die Welt so angekotzt wie heute!»

Bienzle ertappte sich dabei, daß er heftig nickte. Der Pfarrer zügelte seinen Zorn und fuhr ruhig fort: «Gewöhnlich bittet man Gott, unseren Herrn, dem Verstorbenen seine Sünden zu vergeben. In diesem Augenblick kann ich ihn nur bitten, uns allen zu verzeihen.» Bienzle nickte erneut, hielt aber sofort inne, als er bemerkte, daß ihn der Pfarrer dabei beobachtete. Mit einem abrupten «Amen» schloß der Pfarrer, und die Träger ließen den Sarg in die Grube hinab.

Der Pfarrer trat auf Bienzle zu. «Sind Sie mit dem Verstorbenen verwandt?»

«Nein, leider», gab Bienzle zurück, «ich such bloß seinen Mörder.»

«Ach so, Sie sind von der Polizei.» Es klang enttäuscht.

«Das ist übrigens sein Hund», sagte Bienzle.

«Ach!» Der Pfarrer streichelte das Tier. «Verwandte sind in solchen Fällen so gut wie nie da.»

«Freunde scheint's auch nicht!»

Kögel war ans Grab getreten. Mit bloßen Händen warf er Erde auf den Sarg hinab. Dann wandte er sich plötzlich ab, sagte zu Bienzle und dem Pfarrer: «Der Oswald hat's wenigstens überstanden!» Dann stapfte er wütend den engen Weg zwischen den Gräbern hinab. Bienzle sagte schnell: «Hat mir g'falle, was Sie g'sagt haben, Herr Pfarrer. Wir zwei solltet amal a Viertele Trollinger mitnander trinke!»

«An mir soll's nicht liegen», sagte der Geistliche, aber das hörte Bienzle schon nicht mehr. Er gab sich Mühe, Kögel zu erreichen. Der schnallte grade den Rucksack auf dem Gepäckständer seines Fahrrads fest, das an der Friedhofsmauer lehnte, als Bienzle zu ihm trat. «Sie wohnen nicht im Park, Herr Kögel?»

«Wohnen?»

«Na ja... was soll man denn da sagen?»

«Ich hab mir einen Platz im Hafen gesucht.»

«Können wir miteinander reden?» fragte Bienzle.

«Nein!»

Kögel schwang sich auf sein Fahrrad und radelte davon. Bienzle sah ihm nach und sagte mehr zu sich selber als zu Kögel: «Des pressiert auch net so!»

Der Kommissar ging Richtung Straßenbahnhaltestelle, winkte aber dann doch ein leeres Taxi herbei, das die Straße entlangkam.

«Zum Killesberg, Lämmle-Weg.»

«Ich nehm normalerweise keine Hund mit», sagte der Chauffeur.

«Dann rufen Sie bitte einen Kollegen, der Hunde mitnimmt!»

«Bei Ihne mach ich a Ausnahme!» Der Fahrer stieß die rechte Tür zum Fonds auf.

Bienzle und Balu stiegen ein. Eine Weile fuhr der Fahrer schweigend, aber Bienzle bemerkte wohl, daß er ihn im Rückspiegel beobachtete. Schließlich sagte der Mann: «Vornehme Gegend, der Killesberg – sonst haben Sie's ja wohl zur Zeit mit andere Quartier zu tun.»

«Ach, Sie kennen mich?»

«Ich hab Ihr Bild in der Zeitung g'sehe.» Bienzle sagte nichts dazu. Auch der Taxifahrer schwieg. Nach einer Weile sagte er schließlich: «Ist's recht, wenn ich über die Löwentorstraße fahr?»

Bienzle grunzte zustimmend. Der Wagen hielt an einer roten Ampel. Der Fahrer drehte sich zu Bienzle um. «So viel Theater wege so a paar Landstreicher.»

«Manchmal werden ja auch Taxifahrer ermordet», antwortete Bienzle. Der Mann am Steuer brauchte zwei Ampeln, um das zu verarbeiten. Dann sagte er: «Gschmeiß ist des doch! Lieget uns auf der Tasch und machet sich en schlaue Lenz. Faul und arbeitsscheu, des send se.»

Bienzle dachte kurz an Charlotte Fink und daß er bei ihr vielleicht auch wieder mal einen Besuch machen sollte. Mit einer Flasche Stettener Pulvermächer zum Beispiel. Zu dem Chauffeur sagte er: «Deshalb fahr ich manchmal Taxi, damit ich die Stimme des gesunden Volksempfindens wieder amal hör.»

«Ganz recht. So muß es sein!»

Für Ironie hatte der Fahrer keine Antenne.

Bienzle zahlte und ließ sich auf den Pfennig genau rausgeben – ganz gegen seine Gewohnheit. Das Haus, genauer die Villa Lämmleweg 37, gehörte der Familie Kerbel.

Er mußte dreimal klingeln, ehe sich jemand meldete, und dann war es eine hohe, leicht brüchige Frauenstimme mit einem ungnädigen «Ja, bitte». Bienzle stellte sich freundlich vor und wurde eingelassen. Ein riesiger Hund, man nannte die Rasse wohl «Leonberger», sprang bellend auf ihn zu. Balu knurrte tief aus der Kehle heraus.

«Sei friedlich!» sagte Bienzle. Beide Hunde verstummten. Bienzle nickte zufrieden. Das gefiel ihm.

«Asta, laß das!» befahl die brüchige Frauenstimme, lange nachdem sich das Riesenvieh beruhigt hatte. Die beiden Hunde beschnüffelten sich und schienen nichts gegeneinander zu haben.

Frau Kerbel war eine bleiche, zierliche Frau unbestimmbaren Alters. Bläuliche Locken umringelten ein puppenhaftes Gesicht, an dem früher alles einmal niedlich gewesen sein mußte: die Stupsnase, der leicht geschürzte Mund, die beiden akkurat seitengleich angeordneten Grübchen in den Wangen und die blauen Augen.

Bienzle, der erst kürzlich das Buch «Die Wahrheit über den Fall D» von Fruttero und Lucentini gelesen hatte und darin auch Charles Dickens' Romanfragment «The mystery of Edwin Drood», mußte an die Mutter des Hilfskanonikus denken: «Was ist hübscher als eine alte Dame – ausgenommen eine junge Dame –, wenn ihre Augen glänzen, wenn sie eine wohlgeformte dralle Figur hat, wenn ihr Gesicht freundlich und ruhig ist, wenn ihr Kleid dem einer porzellanenen Schäferin gleicht...» Frau Kerbel glich Dickens' Beschreibung, als ob sie danach gemalt worden wäre. Aber da war auch die brüchige Stimme und, beim zweiten Hinschauen, dieser bittere Zug um die Mundwinkel.

Die Hunde hatten inzwischen in dem weitläufigen Garten ihren Spaß miteinander.

«Was ist denn das für eine Rasse?» fragte Frau Kerbel.

«Gar keine. Der Hund ist eine Promenadenmischung. Ich hab ihn von einem der Nichtseßhaften.»

Frau Kerbel starrte Balu einen Augenblick entsetzt an, fing sich aber schnell wieder. Sie betraten das Haus.

«Sie kommen wegen Andreas?» Frau Kerbel deutete auf einen Empiresessel, den Bienzle geflissentlich übersah, weil er voraussah, wie sein massiger Körper auf diesem zierlichen Sitzmöbel wirken würde. Statt dessen setzte er sich in einen breiten Hochlehner, stellte die Füße parallel aufs glänzende Parkett und stützte die Hände auf die Knie.

«Ihr Mann ist nicht zu Hause?»

«Er ist mit Geschäftsfreunden ein paar Tage auf der Jagd.»

«Ich kann mir ungefähr vorstellen, wie die Nachricht von der Verhaftung Ihres Sohnes auf Sie gewirkt hat.»

«Er war's ja nicht!»

«Glauben Sie.»

«Ich bin seine Mutter!»

«Ja, und?»

«Ich kenne ihn besser, als jeder andere Mensch ihn kennt.»

«Auch besser als Ihr Mann?»

«Ganz sicher!»

«Na ja, wenn er auch ganz normal auf die Jagd geht, drei Tage nachdem sein Sohn verhaftet worden ist.»

Bienzle fuhr mit den gespreizten Fingern beider Hände durchs Haar. «Sie werden sich an den Gedanken gewöhnen müssen, daß er's war. Ich wüßte gerne, was er für ein Mensch ist.»

«Ein sehr verstandesbetonter und beherrschter Mensch. Er würde nie so etwas tun.»

«Er hat mir erzählt, Sie hätten seine Wohnung für ihn gesucht.»

«Wir haben immer sehr viel zusammen gemacht.»

«Also das, was man eine richtig gute Mutter-Sohn-Beziehung nennt.»

«Ja. Als er sich auf seine Prüfung vorbereitete, habe ich bis zu sieben Stunden mit ihm gearbeitet. Andere junge Männer würden da aggressiv. Er hat kein einziges Mal die Geduld verloren. Die Prüfung hat er dann mit 1,4 gemacht.»

«Gratuliere!» sagte Bienzle.

«Sie brauchen das gar nicht so sarkastisch zu sagen. Ich bin da durchaus stolz darauf. Andreas würde heute nicht da stehen, wo er steht, wenn wir nicht jeden Schritt...» Sie unterbrach sich.

«Ja?» sagte Bienzle.

«Ich ... ich habe den Faden verloren.»

«Und ich hatte das Gefühl, als hätten Sie ihn gerade erst richtig aufgenommen.»

«Warum sperren Sie ihn ein?» fragte Frau Kerbel.

«Juristisch heißt das, es besteht ein hinreichender Tatverdacht für den Mord an einem Nichtseßhaften.»

«Er war's nicht, aber selbst wenn er's gewesen wäre...» Wieder unterbrach sie sich. Bienzle hob die Augenbrauen.

«‹Dann wär's ja bloß ein Penner gewesen›, wollten Sie sagen?»

«Wie auch immer, er war's ja nicht.»

«Sie wiederholen das wie eine Gebetsmühle und das wider besseres Wissen. – Hat Ihr Sohn Freunde?»

«Er hat seine Familie.»

«Ach ja, er sprach von einer Schwester.»

«Eva lebt in München. Sie läßt wenig von sich hören.»

«Sonst haben Sie keine Kinder?»

«Peter studiert noch.» Das sagte sie, als ob damit alles erklärt wäre.

«Der jüngere Bruder?»

Frau Kerbel nickte.

«Lebt er noch hier im Haus?»

Frau Kerbel schüttelte den Kopf. Ihr Gesicht war nun sehr verschlossen.

«Sie wollen nicht über ihn reden?»

Frau Kerbel schwieg.

Bienzle lehnte sich gemütlich zurück, schlug die Beine übereinander und sah die Frau in aller Ruhe an. Er hatte Zeit. Frau

Kerbel wurde unruhig. Schließlich sagte sie: «Ich hab Ihnen gar nichts angeboten. Mögen Sie einen Tee oder einen Kaffee?»

Bienzle ging nicht darauf ein. «Wie versteht sich der Andreas mit Peter?»

«Sie sind impertinent.» Der bittere Zug um ihren Mund verstärkte sich.

«Ja nun», sagte Bienzle und sah sie freundlich an, «das bringt mein Beruf so mit sich.» Er stand auf und sah sich die Bilder an den Wänden an, darunter ein Original von Max Ernst, dessen Wert sicherlich einem zweistelligen Millionen-Mark-Betrag entsprach. Ohne sich zu Frau Kerbel umzudrehen, sagte der Kommissar: «Ein schwarzes Schaf gibt's in jeder Familie.»

«Warum wollen Sie sich einmischen?»

Die Stimme war nun noch brüchiger geworden.

«Wo finde ich denn Ihren jüngeren Sohn?»

«Ich weiß es nicht.»

Bienzle wendete sich wieder Frau Kerbel zu. Es war nun deutlich zu sehen, daß sie alle Kraft zusammennehmen mußte, um mit ihm zu sprechen. «Was meinen Sie, wie lange wir brauchen, Peter zu finden. Genausogut können Sie mir seine Anschrift nennen.»

«Es ist nicht meine Sache, Ihre Arbeit zu tun.»

Bienzle nickte. «Das kann man freilich nicht von Ihnen verlangen.»

Zur Bergstraße ging Bienzle zu Fuß. Er genoß den frischen, kühlen Wind, der durch die Kleider bis auf die Haut durchdrang und die Frisuren der Menschen durcheinanderwirbelte. Der Himmel war klarblau, nur einzelne Wolkenfetzen, die wie zerfaserte Mullflecken aussahen, trieben schnell dahin. Balu schien die ganze Gegend pinkelnd in Besitz nehmen zu wollen. Woher hatte ein Hund nur so viel Flüssigkeit, und woher wußte er, wie er sie einteilen mußte?

Bienzles Mitarbeiter hatten die Nachbarn und Hausmitbewohner Andreas Kerbels befragt, und Bienzle hatte die Protokolle gelesen. Es war nicht viel dabei herausgekommen. Das allein war freilich nicht der Grund dafür, daß es Bienzle nun noch einmal versuchen wollte. Er war grundsätzlich der Meinung, daß, was immer es auch war, niemand eine Sache so gut machte wie er selbst. Das galt vor allem für Verhöre und Ermittlungsgespräche.

Vor dem Haus traf er auf eine sehr gut aussehende Dame Mitte / Ende Fünfzig, die ihrem Mann dabei zusah, wie er die Kehrwoche machte. Mit sparsamen Fingerzeigen und knapp hingeworfenen leisen Kommandos leitete sie die Arbeiten. «Da hast noch a bißle was vergesse», «da müßtest noch amal drübergehe», «guck amal, siehst das nicht?» Bienzle fiel ein, wie zu Hause in Dettenhausen einmal ein Nachbar sagte: «Mei Frau putzt den Gehsteig, daß man davon essen könnt'», und sein Vater bissig geantwortet hatte: «Mir esset in der Regel nicht vom Gehsteig!» Bienzle ging hin und stellte sich vor. «Kannst aufhöre», sagte die Frau zu ihrem Mann, um dann ihre ganze Aufmerksamkeit Bienzle zuzuwenden.

Den Herrn Kerbel habe man ‹kaum g'merkt›, sagte sie, und er habe auch immer höflich gegrüßt.

«Und er hat auch pünktlich seine Kehrwoche g'macht?» fragte Bienzle.

«Da ist immer jemand aus sei'm Vater sei'm Betrieb gekomme. D'Finger hat er sich net gern schmutzig g'macht, der junge Herr Kerbel.»

«Des hat sich ja dann geändert», sagte ihr Mann.

«Sie meinen, weil er sich an dem Penner vergriffen hat?» Bienzle sah ihn aufmerksam an.

«Mir ist das jedenfalls schleierhaft», sagte der Mann, «wie einer so was tun kann.»

«Ja no, dir schon!» sagte seine Frau.

«Heißt das, daß Sie ein gewisses Verständnis für den Herrn Kerbel haben?» wollte Bienzle von ihr wissen.

«Ich bin jedenfalls froh für jeden von denen, der unsere Augen nicht beleidigt.»

«Eine große Kehrwoche, hmm – eine Säuberung, des wär's, meinen Sie?»

«Der Staat müßte jedenfalls aufräume mit der Sauerei», sagte die Dame und pickte mit Daumen und Zeigefinger vorwurfsvoll ein welkes Blatt auf, das ihr Mann übersehen hatte.

«Hat der Herr Kerbel eigentlich nie Besuch gehabt?» fragte Bienzle.

«Selten!»

«Und wenn jemand kam, wer war dann das?»

«Wir kümmern uns nicht um andere Leut», log die Frau.

«Einmal in der Woche kommt sei Mutter und manchmal auch sein Bruder», sagte ihr Mann mit einem leicht hämischen Blick auf seine Angetraute.

«Der Peter?» Das sprach Bienzle aus, als ob er den jüngeren Bruder von Andreas Kerbel seit Jahren kennen würde.

«Ich hab mich ja g'wundert», sagte die Frau.

«Warum?»

«Weil er doch ziemlich aus der Art g'schlage ist.»

«Immerhin studiert er.»

«Vielleicht behauptet er das ja, aber davon ist bestimmt kein Wort wahr.»

«Und was macht er dann?»

«Was so junge Kerle heut machen, die aus dem Ruder gelaufen sind: rumgammeln, Leute anrempeln, das Geld vom Vater auf den Kopf hauen.»

Das hatte nun wieder der Mann gesagt, und es schien ihm nicht zu gefallen, als seine Frau beipflichtete: «Ja, genau!»

«Wissen Sie, wo er wohnt?»

96

«Er ist vorübergehend drobe eingezogen, nachdem die Polizei endlich die Wohnung wieder freigegeben hat.»

«In Andreas' Wohnung?»

«Ja sicher.»

«Tja, dann wolle mir amal sehe, ob seine Mutter auch weiterhin jemand für die Kehrwoche schickt.»

«Ja, das will ich doch aber schwer hoffen», sagte der Mann. «Ich mach se jedenfalls nicht zweimal im Monat!»

«Wir machen die so oft, wie's nötig ist», wies ihn seine Frau zurecht. Und in Richtung Bienzle: «Er ist ja sowieso schon Rentner.»

Bienzle nickte dem Mann zu. Er hatte Mitleid mit ihm. «Wer sich nicht wehrt, lebt verkehrt», sagte er, aber schon mehr zu sich selber, als er die Treppe zum Haus hinaufstapfte. Aus den Augenwinkeln sah er, daß Balu an der untersten Stufe der sauber gekehrten Treppe sein Bein hob. Bienzle sagte leise: «Braver Hund!»

Er klingelte an Kerbels Tür und war richtig gespannt auf den jungen Mann. Zunächst tat sich gar nichts. Aus der Wohnung drangen dumpf die Bässe aus einer Stereoanlage. Bienzle legte den Handballen auf die Klingel und lehnte sich mit gestrecktem Arm dagegen. Nach einer Minute etwa wurde die Tür aufgerissen. «Wohl übergeschnappt?» Peter Kerbel trug Jeans und ab dem Gürtel aufwärts nackte Haut. Auf beiden durch Bodybuilding aufgequollenen Oberarmen waren Tätowierungen zu sehen: ein Eisernes Kreuz links, ein Hakenkreuz, von dem aus zwei Flammen zur Schulter hinaufzüngelten, rechts. Kerbel hatte die Hand zur Faust geballt.

«Entspannen Sie sich», sagte der Kommissar, «und du auch!» fuhr er den Hund herrisch an, der plötzlich wild zu bellen begann und bei jedem Luftholen die Zähne fletschte. «Mein Name ist Bienzle, ich komme vom Landeskriminalamt. Bitte!» Er zeigte seinen Dienstausweis.

«Ja, und?»

«Ich wollte ein paar Worte mit Ihnen reden.»

Der Hund hatte sich flach auf den Bauch gelegt, knurrte leise und verfolgte jede Bewegung Kerbels mit den Augen.

«Aber ich nicht mit Ihnen.» Kerbel wollte die Tür zuknallen, aber sie schwang von Bienzles Fußsohle zurück.

«Einer wie Sie muß doch für Recht und Ordnung sein.»

«Wer sagt Ihnen das?»

«Na ja, diese Tätowierungen da.»

«Als ob auch nur ein Bulle begriffen hätte, worauf's wirklich ankommt.»

«Vielleicht erklären Sie's mir ja, Herr Kerbel.»

«'nausg'schmissene Zeit!» Wieder versuchte der junge Mann, die Tür zuzumachen. Bienzle war's leid.

«Also entweder wir können jetzt hier reingehen und vernünftig miteinander reden, oder ich lasse Sie vorladen. Im Zweifel stelle ich dafür auch vier Beamte ab, die Sie zwangsweise vorführen!»

«Das versuchen Sie mal!» Kerbel schob einen angekauten Zahnstocher, den er aus der Hosentasche gefingert hatte, zwischen die Zähne und ließ ihn langsam vom linken in den rechten Mundwinkel wandern.

«Worauf Sie sich verlassen können.» Bienzle machte auf dem Absatz kehrt, pfiff Balu, der den jungen Mann weiter unverwandt fixierte und anknurrte. Peter Kerbel spuckte den Zahnstocher aus und warf die Tür zu. Balu bellte noch mal auf. «Laß doch!» sagte Bienzle.

Das Gespräch mit Kerbel hatte ihm die Laune verdorben. Und er hatte auch keine Lust, ins Präsidium zu gehen, um sich mit Hauser oder Frau Mader auseinanderzusetzen. Also nahm er die Straßenbahn, fuhr zum Bubenbad hinauf, kaufte zwei Stück Kuchen und stieg die Treppe zur Stafflenbergstraße hinab. In ihrem unteren Teil hieß diese Staffel – eine von 440 in Stuttgart – Sünderstaffel.

Einstens hatte der Besitzer des Weinbergs, der sich hier den Berg hinaufgezogen hatte, im Zorn einen anderen Mann erschlagen. Und als er dafür zum Tode verurteilt wurde, war es sein letzter Wunsch gewesen, hier oben in seinem Weinberg mit Blick auf Stuttgart enthauptet zu werden. Die Gerichtsbarkeit hatte ihm den Wunsch erfüllt.

Bienzle dachte mit Wohlwollen an den Weingärtner. Vielleicht hatte er ja gute Gründe gehabt, den anderen zu erschlagen. Jedenfalls nahm Bienzle das mal zu seinen Gunsten an.

«Deine Besuche nehmen überhand», rief Hannelore fröhlich, als sie ihn in die Wohnung kommen hörte.

«Wie weit bist du?» Bienzle ging in die Küche und packte den Kuchen aus.

«Super!» kam es aus Hannelores Arbeitszimmer.

Bienzles Laune besserte sich schlagartig.

Hannelore hatte grade Kaffee gekocht. Bienzles Kuchen kam wie bestellt, zumal die Arbeit bei ihr ja nun wohl wieder lief.

«Plötzlich ging's wieder», sagte Hannelore, als er mit Kaffee und Kuchen zu ihr ins Zimmer kam.

Bienzle nickte. «Hat's den Pfropfen also rausg'hauen.» Er verfütterte den halben Kuchen an den Hund, während Hannelore ihre Zeichnungen auf Sesseln, Stühlen und an die Wand gelehnt auf dem Boden präsentierte.

«Was für eine Geschichte?» wollte Bienzle wissen.

«Ein wildromantisches Abenteuer. Ein junger Mann landet nachts bei schwerem Wetter mit nur drei Getreuen auf einer kleinen Insel, die von einem schrecklichen Kerl beherrscht wird. Es gibt Silberminen da, die er ausbeuten läßt. Die Menschen schuften sich krumm dafür. Der Mann, der nun auf der Insel landet, er heißt Terrloff, versucht, das kleine Volk von dem Tyrannen zu befreien. Es gelingt ihm auch – mit List, Mut und der Hilfe des Volkes. Aber er selber findet dann leider auch Geschmack an der Macht.»

«Wie im wirklichen Leben», sagte Bienzle ein wenig spöttisch.

«Es ist eine Fantasy-Geschichte – ganz schön erzählt. Vor allem gibt's unheimlich viel tolle Motive, die man in Illustrationen umsetzen kann.»

Bienzle schaute sich die Bilder genau an. Nickte ein paarmal und sagte dann: «Schön geworden.» Bei sich selber dachte er, die Bilder hätten für so eine Robin-Hood-Geschichte kräftiger sein können, wilder, ausdrucksstärker. Aber er wußte genau, daß er das in diesem Augenblick nicht sagen konnte. Wenn man jemand liebt, muß man halt manchmal auch ein bißchen lügen.

«Du schaffst das vollends», sagte er. «Ich geh dann wieder. Den Hund nehm ich mit.»

«Jetzt hast du ihn grade mal ein paar Tage, und schon seid ihr beide unzertrennlich.»

«Mhm, da ist was dran. Irgendwie g'fällt's mir!» Bienzle nahm seinen Parka vom Haken und warf die Leine über die Schulter.

«Ich glaub, ich hab's auch bald», rief er und zog die Wohnungstür hinter sich zu. Bevor er das Haus verließ, stapfte er noch in den Weinkeller hinunter und versenkte zwei Flaschen Stettener Pulvermächer in den Taschen seines Parkas.

Im Park war Charlotte Fink nirgendwo zu finden. Anna saß mit ein paar anderen auf dem Rasen. Sie bildeten einen Kreis. Zwei von ihnen hatten Hunde, zu denen Balu sofort hinlief. Bienzle ertappte sich bei dem Gedanken, daß sich sein Hund bei den Tieren der Penner womöglich Flöhe holen könnte.

«Hat jemand von euch die Charlotte Fink gesehen?» fragte er.

«Schon seit gestern nimmer», sagte einer.

Anna spuckte aus. «Die hält sich vorerst noch für was Besseres!» Bienzle bot ihr ein Zigarillo an und steckte auch selber eins an. Er ließ sich Anna gegenüber auf dem Boden nieder.

«Paß auf, Kommissar, sonst kriegste den Wolf innen Arsch», rief sie und lachte ihr krächzendes Lachen.

«Sie haben den Überfall auf Alfons vorausgesehen?» fragte Bienzle.

«Alle, sie hat immer alle vorausgesehen», rief ein anderer dazwischen. Bienzle musterte Anna. Ihr Gesicht hatte unter der Bräune eine ungesunde Farbe, was der Haut einen unwirklichen Oliveton gab. Unter den Augen hatten sich dicke Tränensäcke gebildet. Ihr Leib war aufgeschwemmt. Die weit nach unten gezogenen Mundwinkel gaben ihr einen Ausdruck, als ob sie alles um sich herum geringschätze.

«Dann hätten Sie uns aber eigentlich warnen müssen.»

Anna paffte dicke Rauchwolken, hustete krächzend und brachte schließlich schwer atmend hervor: «Ihr Bullen hättet mich doch nur ausgelacht.»

«Ich nicht», sagte Bienzle, «da haben Sie meine Karte und Geld zum Telefonieren.»

«Das versäuft sie», rief einer der Penner. Bienzle wendete sich ihm zu. «Das tut sie nicht.» Zögernd zog er eine der beiden Flaschen aus den Parkataschen. «Das Honorar hab ich gleich mitgebracht.»

Die Penner rückten näher. «Trink ich aber mit Anna ganz alleine», sagte der Kommissar. «Und wenn wir den Täter endlich haben...»

«Die!» fuhr ihm Anna in die Parade.

«Du meinst *die* Täter?»

Anna legte sich ins Gras zurück, streckte Beine und Arme von sich wie ein geprellter Frosch und starrte in den Himmel hinauf. «Um den Alfons tut's mir leid.»

«Vielleicht überlebt er's ja», sagte Bienzle und nahm sich vor, sich gleich, wenn er ins Büro kam, nach dem Befinden des Penners zu erkundigen.

«Der Oswald ist heut beerdigt worden», sagte einer der Penner.

«Und keiner von euch war dort!» sagte Bienzle.

«Du etwa?» Anna hatte sehr wohl mitgekriegt, daß Bienzle zuvor plötzlich begonnen hatte, sie zu duzen.

«Ja, ich war dabei!»

«Ich geh doch nicht zu dem seiner Beerdigung», rief Fette laut, «meinste, der geht zu meiner?» Er lachte über seinen eigenen Witz. Aber niemand lachte mit. Es war, als ob sich ein Schatten über die kleine Gruppe gelegt hätte. Bienzle rückte etwas näher zu Anna, die noch immer auf dem Rücken lag. Sie blies ihm eine Rauchwolke ins Gesicht. «Zwei also, hä?»

«Dir sag ich's: Einer kam mit der Eisenstange, der andere hat die Kanister getragen. Der ist zuerst Schmiere gestanden, und nachher hat er das Feuer gemacht.»

«Hast du das wirklich beobachtet oder nur so vorausgesehen?»

«Weiß nicht.»

«Das weißt du nicht?»

«Ich war hackepeter zu, da kriegste die Dinge schon mal nicht mehr so richtig in die Reihe.»

Bienzle sprach nun immer eindringlicher. «Anna, ich muß das genau wissen.»

«Ich weiß es doch selber nicht mehr genau.»

«Und warum hast du das nicht schon früher gesagt, einem meiner Kollegen zum Beispiel?»

«Ich trau denen nicht. Manchmal denk ich, die sind's überhaupt. Die wollen uns alle anzünden. Alle, alle, alle hier.»

«Warum seid ihr eigentlich nicht einfach woanders hingegangen?»

«Woanders isses auch nicht anders. Vielleicht geh ich nach München oder nach Pforzheim. Und dann hat dort plötzlich einer die gleiche Idee: Man muß das Pack verbrennen!»

«Außerdem», warf ein anderer ein, «hier kriegste ein paar Mark Taschengeld, kannst dich im Männerwohnheim jeden Tag duschen, die Leute sind anderswo böser zu uns als hier – im allgemeinen. Außer dem Mörder natürlich.»

«Und dann ist das so», ergriff Anna wieder das Wort, «morgens sagste: ‹Heut hau ich ab!› – abends sitzte noch immer auf dem gleichen Fleck auf dem gleichen Arsch. Dann trinkste noch 'n bißchen schneller als sonst und vielleicht auch 'n bißchen mehr und dann – das laß dir mal sagen, Herr Kommissar, dann sieht die Welt gleich ganz anders aus.»

«Den Mörder kannst du nicht im Alkohol ersäufen.» Bienzle stand ächzend auf.

«Ruf mich an, wenn du meinst, daß er's wieder tun könnte.»

«Du darfst aber niemand etwas davon sagen, hörst du. Niemand. Auch den anderen Bullen nicht.»

Auch Anna stand nun auf. «War das eigentlich ein guter Wein? – Mit der Zeit kann man's nicht mehr unterscheiden.»

«Der beste, den ich hatte.»

«Schad' drum», sagte Anna seltsam traurig und dann: «Gib mir einen Kuß, bevor du gehst.»

Bienzle mußte sich überwinden, küßte Anna aber dann doch auf die Wange.

Aber die Frau griff mit beiden Händen seinen Kopf, zischte ihn böse an: «Richtig!» Und preßte ihre Lippen auf die seinen. Angewidert spürte Bienzle ihre Zunge zwischen seinen Lippen und Zähnen. Plötzlich stieß sie seinen Kopf zurück und lachte laut mit ihrer Gießkannenstimme jenes Lachen, bei dem's Bienzle schon letztes Mal gefroren hatte.

«Laß den Hund bitte draußen», sagte der Präsident.

«Ich will nicht, daß er wegläuft», gab Bienzle zurück, «er pinkelt dir schon nicht auf deinen Perser. Hast du irgendeinen Schnaps?»

Hauser sah auf die Uhr. «Zum Gurgeln», sagte Bienzle, «ich habe mich in Ausübung meines Dienstes von einer Pennerin küssen lassen müssen.»

«Mein Gott, Bienzle!» Hauser war ehrlich entsetzt.

Balu ringelte sich unter dem Glastisch in Hausers feiner Sitzecke zusammen. Der Präsident brachte eine Flasche Whisky und ein Glas. Bienzle nahm beides, öffnete eine Schranktür, hinter der sich ein Waschbecken befand. Tatsächlich gurgelte er mit dem Whisky und spuckte ihn aus. Erst nachdem er das dreimal gemacht hatte, nahm er einen kräftigen Schluck.

«Gibt's Nachrichten aus Ludwigshafen?» fragte er dann.

«Ja, der Mann hat die Krise überstanden. Er wird's überleben, und er ist auch vernehmungsfähig. Wenn du willst, kannst du einen Hubschrauber haben.»

«Gut!» antwortete Bienzle knapp. «Aber ich laß mich nicht vor den Karren spannen, auf dessen Bock Frau Mader Platz genommen hat.»

«So, und jetzt sagst du mir bitte das gleiche noch mal im Klartext, Ernst.»

«Der Horlacher ist schwer aus dem Gleis, aber er hat die Morde nicht begangen.»

«Der Kerbel auch nicht – ja wer denn dann?»

«Das kriegen wir schon noch raus. Vielleicht einer...» Bienzle zögerte einen Augenblick, «... einer von den Nichtseßhaften selber.»

«Ha jetzt, komm...»

«Möglich ist alles. Stell dir vor, so ein Mensch, der einen mordsmäßigen Haß auf sich selber hat, weil er in dieses Milieu abgerutscht ist und nimmer rauskommt und der sozusagen stellvertretend andere tötet, weil er sein eigenes Leben nicht mehr für lebenswert hält.»

«Ich geb zu, denkbar wär das!»

Bienzle schaute durch die Tischplatte aus Glas auf den Hund hinab. «Der Kerbel weiß mehr, als er uns sagt, die Penner

104

wissen mehr, als sie uns sagen, und vielleicht verhält sich's ja mit dem Horlacher genauso.»

«Aber warum?»

«Angst! – Angst aus ganz unterschiedlichen Gründen.»

Hauser stand auf und ging in seinem geräumigen Büro auf und ab. Balu hob kurz den Kopf, registrierte, daß das für ihn nichts zu bedeuten hatte, und legte den Kopf wieder auf die Pfoten.

«Und ich hab gedacht, wir wären einen großen Schritt weiter.»

«Sind wir auch. Den nächsten Anschlag kriegen wir vorhergesagt.»

«Du wirst doch diesen Unsinn nicht ernst nehmen.»

«Ich glaub nicht, daß die Anna das Zweite Gesicht hat. Ich glaube, es gibt überhaupt niemanden, der so etwas behauptet. Ich denke nur, sie deutet bestimmte Signale richtig.»

Hauser schien die These nicht zu gefallen. Bienzle wechselte das Thema. «Was wird mit Horlacher?»

«Ich hab ihn vom Dienst suspendiert.»

«Und nicht eingesperrt?» Bienzle starrte Hauser entgeistert an.

«Dafür reicht's nicht. Noch nicht.»

«Aber es wäre besser für ihn, viel besser. Was meinst du denn, warum ich dieses karrieregeile Weibsbild habe gewähren lassen?»

«Komm, Bienzle, sei so gut. Schutzhaft...»

«Ja, genau das. Der Mann braucht Schutzhaft. Der braucht Schutz vor sich selber! Was meinst du denn, was der jetzt macht? Heim traut er sich nicht, Arbeit hat er keine mehr. Der sitzt doch in der nächstbesten Kneipe und läßt sich volllaufen.»

«Das ist seine Sache», sagte der Präsident abweisend.

«Das ist auch Ihre Sache, Herr Präsident», gab Bienzle böse zurück. «Es gibt auch so etwas wie die Fürsorgepflicht des

Vorgesetzten. Das geht nicht nach dem Prinzip: Wir haben eine Laus im Pelz, schütteln wir sie raus.»
«Bienzle, also ich muß doch schon bitten ...!»
«Ja, ja, ich weiß ...» Bienzle zwang sich zur Ruhe. «Wir stekken mitten in einem komplizierten Fall, und nun wird auch noch einer von uns verdächtigt. Laß mich machen, Karl, bitte. Ich bring dir den Täter in den nächsten drei Tagen. Ich spür das!»
«Soll ich vor die Presse gehen und das sagen?»
«Am besten sagst gar nix! Komm, Hund!» Balu stand auf. Das feuchte Fell hinterließ einen schmutzigen Abdruck auf dem schönen Perser. Zu allem Überfluß schüttelte er sich nun auch noch ausgiebig. Bienzle sah seinen Chef bedauernd an, hob die Schultern und sagte: «Er ist halt ein Pennerhund!» Dann ging er hinaus. Balu hielt sich dicht bei seinem Herrn.

Bienzle mied das Großraumbüro, in dem die Sonderkommission untergebracht war, und ging in sein eigenes Zimmer. Als er die Tür aufstieß, fegte ihm ein Luftzug ins Gesicht. Irgendwer hatte das Fenster offengelassen. Der Windstoß räumte den Schreibtisch ab. Loses Papier flatterte im Zimmer herum. Bienzle widerstand dem ersten Impuls, die Tür einfach wieder von außen zuzumachen. Er schloß das Fenster, klaubte die Papiere zusammen und warf sie achtlos in den Eingangs- und Ausgangskorb. Schließlich setzte er sich, nahm einen karierten Block und sagte zu Balu, der alles eifrig beobachtete: «Jetzt notieren wir mal alle, die bisher verdächtig sind.»
Der Hund legte sich in eine entfernte Zimmerecke, als ob er zeigen wollte, daß er das langweilig finde. Bienzle schrieb:

Andreas Kerbel
Peter Kerbel
Arthur Horlacher

Anna
Charlotte Fink
Horst Kögel
....
....

«Wahrscheinlich ist's ja auch eine oder einer, die da noch gar nicht stehen, einer, der auf eine von den gestrichelten Linien gehört.» Er sah den Hund an. «Was meinst?» Der Hund gähnte.

«Ein anderer Penner? Ein anderer Polizist? Ein Bürger, der endlich die Anlagen säubern will, damit seine Augen nicht mehr beleidigt werden...?» Plötzlich ergriff ihn ein schales Gefühl aus Hoffnungslosigkeit und Trauer. Ob wohl irgendwer, der sich über die Penner aufregte, sich eine Vorstellung davon machen konnte, wie ein solcher Abstieg vonstatten ging? Ob die aufgeregten Bürger auch nur annähernd eine Ahnung hatten von dem Leid, das diese Menschen in den Alkoholkonsum trieb? Auch wenn er den oder die Mörder fand, was änderte sich dann? Nichts! Und schon gar nicht würden sich jene Menschen ändern, die hofften, die Polizei möge den Mörder noch nicht so schnell finden, damit er noch ein bißchen weiter ‹aufräumen› könnte.

«Es ist zum Kotzen», sagte Bienzle. Der Hund knurrte leise.

Bienzle fand Horlacher im Bier-Eck – wo sonst? Einsam saß der Polizist außer Diensten vor einem großen Bierglas, das er aber noch nicht angerührt hatte. Der Schaum war zusammengefallen.

«Was macht man bloß mit so viel Verzweiflung?» sagte Horlacher ohne aufzusehen, als Bienzle an seinen Tisch trat.

«Ich kann dir auch nichts anderes sagen als ‹versuch damit fertig zu werden und neu anzufangen›.»

107

Horlacher, dieser kräftige Kerl, dieser patente Kollege, dieser Mann, von dem man immer glaubte – auch weil er's einen glauben machen wollte –, ihn könne nichts umschmeißen, der saß nun zusammengekauert da wie ein Häufchen Elend.

«Du hockst in einem schwarzen Loch», sagte er dazu, «und weißt nicht, wie du wieder rauskrabbeln sollst.»

Bienzle, der jedes Versagen und jede Niederlage immer auch als Chance für einen neuen Anlauf nahm, hatte keine Erfahrungen mit wirklichen Depressionen. Trotzdem glaubte er, Horlacher zu verstehen.

«Was kannst du denn zur Aufklärung beitragen? – Wo warst du zum Beispiel, als der Alfons angegriffen wurde?»

«Das kann ich dir nicht sagen.»

«Es hat aber nichts mit dem Überfall auf den Alfons zu tun?»

«Nein!»

«Du hast dir irgendwo a paar Bier genehmigt.»

«Nein!»

Bienzle dämmerte langsam etwas. «Sag bloß – eine Frau?»

Horlacher sah ihn gequält an.

«Ja, dann schwätz doch!»

«Noi.» Horlachers Gesicht behielt seinen verschlossenen Ausdruck.

«Aber es gibt dann doch einen Zeugen. Menschenskind, ein Alibi.»

«Und die Doris?»

Bienzle starrte Horlacher an. «O du liabs Herrgöttle von Biberbach, wie hent die d'Mucke verschissa! – Heißt das, du willst das Alibi nicht vorbringen, weil dadurch deine Frau dahinterkäme, daß du's mit 'ner anderen hast?»

Horlacher nickte nur.

«Des dät dei Doris vermutlich besser verstehe, als wenn du sie schlägst.»

108

«Aber das eine hat doch mit dem anderen was zu tun.»

«Das wirst du mir sicher gleich erklären.»

«Ich hab eine solche Wut auf mich selber g'habt...»

«...daß du deine Frau g'schlage hast?»

Horlacher nickte. «Es kommt ja immer auch a bißle drauf an, mit *wem* man seine Frau betrügt, net wahr.»

Bienzle stand auf. «Irgendwann wirst du die Frau als Zeugin benennen müssen.»

«Dann sieht mr weiter.»

«So ist das, wenn man Sachen einfach anfängt, ohne einen Gedanken darauf zu verschwenden, wie sie ausgehen könnten», sagte Bienzle.

«G'scheite Sprüch helfet mir jetzt au net weiter», maulte Horlacher.

«Ich wüßt' überhaupt net, was dir jetzt grad weiterhelfe könnt'», gab Bienzle bissig zurück. «Sieh zu, daß du wieder auf d'Füß kommst.»

Das Gespräch war anders verlaufen, als Bienzle es erwartet hatte, und nun verspürte er auch keine Lust mehr, einen zweiten Anlauf zu versuchen. Er rief seinen Hund und ging hinaus.

Horlacher fegte wütend das Bierglas vom Tisch, daß es ein paar Meter weit flog, am Boden zerschellte und eine gelbe Pfütze hinterließ. Olga sah gelassen zu, griff seelenruhig nach einer Kehrschaufel und einem Schrubber, ließ heißes Wasser in einen Eimer, gab Putzmittel hinein, warf einen Wischlappen dazu und kam um die Theke herum. «Mach dich net selber fertig, Horlacher», sagte sie, «geh heim!»

SAMSTAG

Der Kommissar hatte Hausers Angebot angenommen und sich mit dem Polizei-Hubschrauber nach Ludwigshafen bringen lassen. Alfons sah schrecklich aus. Sein Kopf und sein Körper waren dick eingebunden. Wie eine Mumie lag er im Bett. Daß Bienzle bei seinem Rettungsversuch so glimpflich davongekommen war, schien ihn zu freuen.

«Ich hab eigentlich nur eine Frage», sagte Bienzle, «würden Sie den Täter wohl wiedererkennen?»

Alfons schien nachzudenken, jedenfalls nahmen seine Augen, die ohne die abgesengten Brauen und Wimpern nackt aussahen, einen grüblerischen Ausdruck an. «Vielleicht. Könnte sein», sagte er nach einer Weile mit schwacher Stimme, «ich hab ihn nur wegrennen sehen. Schnell und... geschickt. Wie könnt man dazu sagen...?»

Bienzle versuchte es mit ‹geschmeidig›?

Alfons schüttelte den Kopf.

«Sportlich?»

Jetzt nickte Alfons. «Genau!»

Mehr war freilich aus dem Kranken nicht herauszubringen.

Bienzle war sofort wieder zurückgeflogen. Den Rest des Tages wollte er im Park zubringen – nur so. Irgend etwas würde passieren. Er traf auf Fette.

«Haben Sie die Charlotte gesehen?» fragte Bienzle ihn.

«Gucken Sie mal hinterm Seerestaurant, da hat sie irgendwo ihr Lager – ganz für sich. Viel zu gefährlich, wenn Sie mich fragen, in diesen gefährlichen Zeiten.»

Bienzle war schon früher aufgefallen, daß Fette sich Mühe gab, schöne und bedeutungsvolle Sätze zu formulieren.

Bienzle fand das Versteck. Unter dichten, tief herabhängenden Zweigen, die wie eine Glocke aus Blattwerk über eine moosdurchwucherte Stelle im Gras gestülpt waren, hatte Charlotte Fink mit Decken und einem Armeeschlafsack ein richtiges Nest ausgepolstert. In den Zweigen hingen ein paar Kleidungsstücke zum Lüften und ein kleiner Spiegel. Bienzle setzte sich im Schneidersitz in das Nest und warf einen Blick in den Spiegel. Zufrieden war er nicht mit dem, was er da sah.

«Jetzt guck dir den Griesgram an», sagte er zu dem Hund, der draußen sitzen geblieben war und leise winselte.

Bienzle überlegte, ob er einfach warten sollte, bis Charlotte Fink nach Hause kam. Aber er wußte zu wenig über ihre Gewohnheiten. Siedend heiß fiel ihm ein, daß er Haußmann noch immer keine Gelegenheit gegeben hatte, zu berichten, was er über die Pennerin inzwischen wußte. Bienzle verließ das Versteck und schlenderte durch den Park, bis er auf zwei Beamte stieß. Er wies sie an, Charlotte Finks Nest vorsichtig im Auge zu behalten, und forderte über das Funkgerät der beiden einen Wagen an, den er zum Neckartor bestellte.

Als er mit kräftigen, weit ausgreifenden Schritten über den Kiesweg davonging, den Hund dicht bei sich, sagte einer der Beamten: «Sieh ihn dir an, den Bienzle, der hält fünfzig Mann auf Trab, und am Ende macht er's dann doch wieder im Alleingang.»

«Mir egal», sagte der andere, «Hauptsache, er schafft's, bevor's richtig kalt wird.»

112

Bienzle ließ sich von dem Polizeiwagen zu Haußmanns Privatadresse fahren. Kaum hatte er geklingelt, da bereute er schon, daß er sich nicht telefonisch angemeldet hatte. Ein junges Mädchen – na ja, aus Bienzles Blickwinkel jung, 27, 28 Jahre alt mochte sie sein – öffnete. Sie hatte außer einem grau-grün gewürfelten Seidenmäntelchen, das mit Mühe die Pobacken bedeckte, nichts an. Haußmann erschien in wild gemusterten bunten Boxershorts, die er gerade noch hochzog, hinter ihr.

«Des tut mir jetzt aber leid», sagte Bienzle mit breitem Grinsen.

«Herr Bienzle...»

«Machet Se s' Maul ruhig wieder zu, Haußmann. Ich seh ein, das war eine grobe Unhöflichkeit. Kann ich in einer Viertelstunde wieder vorbeikommen?»

Haußmanns Freundin war vor Balu in die Hocke gegangen und kraulte ihn hinter den Ohren. Das gefiel ihm offensichtlich so gut, daß er vor Behagen grunzend seinen wuscheligen Kopf so in das Seidenmäntelchen hineinwühlte, daß es bald gar nichts mehr bedeckte.

Haußmann stotterte: «Aber nein, es war nur... es ist bloß...»

«Ich versteh schon, Sie waren grad anders beschäftigt. Könnte mir ja auch passieren...» Bienzle merkte, daß das ein bißchen angeberisch klingen könnte, und setzte schnell hinzu: «Wenn ich zum Beispiel grad Klavierspiele dät», merkte aber, daß das die Sache auch nicht besser machte.

Haußmanns Freundin erwies sich als sachliche Person. «Ach Unsinn», sagte sie, «wir machen später weiter.» Sie lachte anmutig die Tonleiter hinauf.

Bienzle erinnerte sich an seine erste eigene Bude. Ein Wohnschrank, elf Quadratmeter groß, mit Blick auf einen engen Hinterhof. Gegenüber wohnte ein alleinstehendes Ehepaar – er Schlosser, sie Näherin in einer Textilfabrik. Jeden Samstag badeten sie, die Frau um vier Uhr, er um halb fünf. (Man erfuhr das aus den Zurufen wie: «Ich laß dir jetzt das Wasser ein!») Dann, Punkt fünf Uhr, schliefen sie zusammen. Wenn Bienzle die Geräusche und artikulierten wie unartikulierten Laute richtig deutete, hatte die Frau dabei regelmäßig drei Orgasmen. Der Mann nur einen. Rechtzeitig zur Sportschau war die Aktion beendet. Einen Augenblick lang, während ihn das junge Paar hereinbat, überlegte Bienzle, ob er die kleine Anekdote zum besten geben sollte, entschied dann aber, daß es unpassend wäre, zumal die Geschichte ja auch einen Blick auf ihn als Voyeur freigab.

Haußmanns kleine Wohnung war mit Rattan- und Glasmöbeln eingerichtet. Bienzle vermutete, daß die praktische Freundin des jungen Kollegen dabei Regie geführt hatte. Sie verschwand jetzt in der Küche, um Kaffee zu kochen. Haußmann komplimentierte den Chef in einen ausladenden bequemen Korbsessel, in dem ein hübsches Kissen mit einem bunten Indianermuster lag.

Bienzle berichtete kurz, was sich bisher ergeben hatte. Haußmann hörte aufmerksam zu und machte sich Notizen. Die Freundin brachte den Kaffee und wurde vom Gastgeber nun endlich auch vorgestellt: Melanie Meier hieß sie. Sie hatte inzwischen ein T-Shirt und einen Jeansrock angezogen.

Bienzle mußte an den vereinsamten Andreas Kerbel denken. Hier war alles anders: Zwei offensichtlich fröhliche junge Menschen, die sich mochten und einen gemeinsamen Lebensstil geschaffen hatten, der nach beider Gusto war.

Endlich kam Haußmann dazu, seinen Bericht zu geben. Charlotte Fink stammte aus Tübingen, wo ihr Vater eine Professur hatte. Sie war im Polizeicomputer zweimal gespeichert. Einmal war sie bei einer politischen Demonstration auffällig geworden. Das andere Mal wurde sie zusammen mit fünf anderen jungen Leuten verhaftet, die einen Brandanschlag auf ein Asylantenheim verübt hatten. Die politische

Demonstration hatte sich gegen die Aufnahme von ausländischen Asylbewerbern gerichtet.

«Vom Vater hat sie sich schon vor fünf Jahren losgesagt», las Haußmann aus seinen Notizen vor. Bienzle mußte über die Formulierung unwillkürlich lächeln. «Die Mutter ist bereits vor zwölf Jahren gestorben. Professor Fink hat seine Tochter ohne fremde Hilfe großgezogen. Ein – ich zitiere: ‹liberaler Arsch, der ihr so lange alles nachgesehen hat, bis sie jegliche Orientierung verloren hatte›.»

«Und wen zitieren Sie da?»

«Einen Assistenten von Herrn Professor Fink, der wohl selber mal gewisse Interessen an Charlotte Fink hatte.»

«Wenn ich Sie richtig verstehe, ist das Professorenkind in extreme rechte Kreise abgedriftet?»

«Sieht so aus, ja. Herr Dr. Tauber, so heißt der Assistent, sieht darin allerdings eine reine Trotzreaktion gegen den, ich zitiere: ‹rigide liberalen Vater›.»

Bienzle nickte. «Könnt' schon sein, daß es so was gibt», sagte er versonnen und schaute zu Melanie Meier auf, die in der Tür zur Küche lehnte, «wie's ja überhaupt nichts gibt, was es nicht geben könnte, net wahr. Der Kaffee ist übrigens ganz ausgezeichnet.»

Dann wendete er sich wieder Haußmann zu. «Jedenfalls ist der Eindruck also nicht so falsch, daß die junge Dame ins Pennermilieu paßt wie dr Roßbolla auf d'Autobahn!»

Haußmann sah irritiert auf. «Bitte, wie was?»

«Pferdeapfel auf der Autobahn», verdolmetschte seine Freundin, und Bienzle nickte ihr anerkennend zu. Dann griff er ungeniert nach Haußmanns handschriftlichen Notizen. – «Ich kann Ihre Schrift ja lesen», trank seinen Kaffee aus und erhob sich. «Ich muß mich noch mal für den Überfall entschuldigen.»

Melanie Meier winkte großzügig ab. «Mich hat's gefreut», sagte sie.

«Naja, dann isches mir au recht», gab Bienzle zurück und reichte ihr die Hand.

«Nächste Woche kommt übrigens Ihre Ernennung zum Kommissar», sagte er zu Haußmann, als er sich auch von ihm verabschiedete. «Da wär dann ein kleines Fest fällig.»

Als Bienzle Haußmanns Wohnung verließ, spürte er, daß all seine Müdigkeit verflogen war. Gächter pflegte diesen Moment während eines laufenden Falles mit den Worten zu umschreiben: «Jetzt biegt er in die Zielgerade ein.» Es war dann immer so, als ob Bienzle die zweite Luft bekäme. Jetzt schritt er so aus, daß Balu kaum noch Zeit blieb, an Hausecken und Treppenaufgängen zu schnüffeln und seine Duftmarken zu setzen. Von unterwegs rief er Kommissar Gächter an: «Laß den anderen Kerbel verhaften und vorführen.» Er ließ Gächter nicht einmal die Zeit, sich zu erkundigen, warum.

Als er ins Präsidium kam, holte er zuerst einen Bericht von den beiden Beamten im Park ein. Charlotte Fink war noch nicht aufgetaucht. Bienzle nahm es auf, als ob er nichts anderes erwartet hätte. Dann lehnte er sich weit in seinen Sessel zurück, nahm den karierten Block auf die Knie und riß das oberste Blatt mit den Namen der möglichen Täter ab. Auf das nächste malte er ein Dreieck, kam aber nicht mehr dazu, die Ecken mit Namen zu versehen, wie er's vorgehabt hatte, denn in diesem Moment ging die Tür auf. Zwei Beamte führten Peter Kerbel herein. Gächter folgte. Bienzle sah auf und legte rasch den Block aufs Gesicht. «Setzen Sie sich», sagte er zu Kerbel, und zu Gächter: «Würdest du bitte Frau Mader dazubitten.»

Gächter zuckte die Achseln wie jemand, der von der Weisheit dieses Entschlusses nicht überzeugt war, ging aber hinaus. Auch den beiden anderen Beamten gab Bienzle einen Wink mit den Augen. Dann war er mit Peter Kerbel allein. Der sah ihn aus spöttischen Augen an.

«Wie gut kennen Sie Charlotte Fink?»

Ein kurzes Flackern in den Augen des jungen Mannes.

«Wen bitte?»

Bienzle kramte Haußmanns Zettel aus der Jackentasche.

«Jene Dame, mit der Sie am 27. 10. 1991 den Überfall auf das Asylantenheim in der Beskidenstraße angezettelt haben.»

Bienzle hatte keine Ahnung, ob auch Kerbel in den Akten auftauchte. Haußmann hatte danach ja auch nicht zu forschen gehabt. Aber versuchen konnte man's ja mal.

«Um was geht's hier eigentlich?» fragte Peter Kerbel.

‹Getroffen›, dachte Bienzle, man durfte ja auch mal Glück haben.

«Das werden wir schon noch rauskriegen. Im Grunde geht's nur um die Fragen, die ich Ihnen gestern schon stellen wollte.»

«Und dafür treiben Sie so einen Aufwand?» Kerbel schien froh zu sein, daß es nun – wenn auch nur vorübergehend – um ein anderes Thema ging.

«Nicht ich habe mich dem Gespräch verweigert», sagte der Kommissar, «sondern Sie!»

Peter Kerbel hatte viel von seiner Sicherheit verloren.

«Stellen Sie Asylanten, Aussiedler und Penner eigentlich auf eine Stufe?» fragte Bienzle so beiläufig wie möglich.

«Nein!»

«Können Sie's ein bißchen deutlicher machen?»

«Die Penner sind eine Randerscheinung. Abfall der Gesellschaft. Ein Problem, das von innen kommt und das wir deshalb auch leicht mit unseren Mitteln lösen könnten.»

«Arbeitslager und so was, meinen Sie?»

«Resozialisierung, aber mit der notwendigen Härte!»

«Die schlimmsten Faschisten waren schon immer die, die auch noch über eine gewisse Intelligenz verfügten», brummte Bienzle.

«Wie Sie das sehen, hab ich mir schon vorher denken können. Bei Asylanten ist es anders. Die dürfen nicht rein in unser Land, und wer schon da ist, muß raus.» Bienzle verschränkte die Hände über dem Bauch und sah Peter Kerbel fest in die Augen. Aber wenn er erwartet hatte, der junge Mann würde den Blick senken, hatte er sich getäuscht.

«Haben Sie sich schon mal überlegt, welche wunderbaren Werke nicht geschrieben worden wären, wenn Thomas Mann, Feuchtwanger, Brecht, Zuckmayer und wie sie alle heißen, damals kein Asyl gefunden hätten?»

«Ohne die Leute könnten wir leben, *mit* den Asylanten werden wir bald nicht mehr leben können.»

«Was glauben Sie denn, was ein paar hunderttausend Menschen aus Ghana, Bangladesch oder Kurden aus der Türkei Ihnen wegnehmen?»

«Sie überfremden unser Volk.»

«Wenn man Sie so anguckt, könnt ei'm des ja bloß recht sei.» Bienzle ärgerte sich sofort über den Ausrutscher, und Peter Kerbel war intelligent genug, zu erkennen, daß sich der Kommissar eine Blöße gegeben hatte.

«Sie verachten mich offenbar genauso, wie manche Leute manche Asylanten verachten.»

Als nun Gächter und Hanna Mader hereinkamen, atmete der Kommissar auf.

«Um Sie ins Bild zu setzen, Frau Kollegin», sagte Bienzle und ließ Peter Kerbel dabei nicht aus den Augen, «dieser junge Mann heißt Peter Kerbel, ist der Bruder des in U-Haft befindlichen Andreas Kerbel.»

«Aha», sagte Frau Mader, und es war ihr anzusehen, wie irritiert sie war.

Gächter lehnte sich in den Türrahmen und drehte sich eine Zigarette, die er hinter das linke Ohr steckte.

«Herr Kerbel trägt ein paar interessante Ansichten über die Behandlung von Pennern mit sich herum, hat aber gleichwohl eine Beziehung zu der Nichtseßhaften Charlotte Fink...»

«Und? Was werfen Sie ihm sonst noch vor?» Frau Mader gönnte sich ein sanft süffisantes Lächeln.

«Ich halte es nicht für ausgeschlossen, daß er an den sogenannten Pennermorden beteiligt ist», sagte Bienzle ruhig.

Weiter kam er nicht. Kerbel schlug mit der Faust auf den Tisch, sprang auf, warf den Stuhl dabei um und schrie: «Das laß ich mir doch nicht gefallen.»

Gächter sagte träge: «Sie werden sich noch 'ne Menge mehr gefallen lassen.»

Kerbel fuhr herum. «Was ist?»

«So lasch, wie ihr sie immer hinstellt, ist die Polizei gar nicht!» Dabei zauberte Gächter ein so gemeines Haifischlächeln auf sein Gesicht, daß man richtig Angst vor ihm bekommen konnte.

Peter Kerbel sah gehetzt vom einen zum anderen. «Wenn das so ist, will ich sofort einen Anwalt.»

«Ihr gutes Recht», sagte Frau Mader.

«Sollen wir Ihren Vater benachrichtigen? Er stellt Ihnen sicher den besten aller Advokaten», sagte Bienzle, «schon um seinen guten Namen nicht zu beschädigen.»

«Lassen Sie meinen Vater aus dem Spiel.»

«Gut, gehen wir's ganz herkömmlich an.»

Bienzle konfrontierte Kerbel mit den Daten der vier begangenen Morde und fragte nach Kerbels Alibi.

«Ich kann dazu ohne meinen Kalender nichts sagen.»

Bienzle hatte gar nicht richtig zugehört. Mit Horlacher hatte er auch über Alibis gesprochen. Vielleicht paßte der doch irgendwie ins Bild. Er fixierte den jungen Mann.

«Kennen Sie einen gewissen Arthur Horlacher?»

«Nicht persönlich», sagte Kerbel und biß sich auf die Unterlippe wie jemand, dem versehentlich etwas herausgerutscht ist.

119

«Übernehmt ihr bitte mal», sagte Bienzle zu Frau Mader und
Gächter und wuchtete sich aus seinem Sessel. Als er zur Tür
ging, hörte er Hanna Mader noch sagen: «Daß das Penner-
unwesen unsere Gesellschaft wie ein Geschwür belastet –
darüber sind wir uns sicher einig, Herr Kerbel, aber...»
Bienzle schloß die Tür. Balu hatte es gerade noch geschafft,
mit hinauszuwitschen.
Sie nahmen die Linie 1 bis zum Neckartor und stiegen aus.
Zum Bier-Eck waren's von dort aus nur noch fünf Minuten.

Als Bienzle die Tür aufstieß, saß Horlacher noch am gleichen
Platz. Charlotte Fink saß über Eck, mit dem Rücken zur Tür,
links neben ihm und hielt seine Hände in den ihren. Horlacher hatte den Kopf tief gesenkt und sah auch nicht auf, als
sich die Tür öffnete. Bienzle trat zu Olga, nickte mit dem
Kopf zu den beiden hinüber und fragte leise:
«Sitzen die öfter so beieinander?» Olga nickte. «Aber jetzt
erklärt sie ihm grad', daß Schluß ist damit.»
Bienzle trat an den Tisch. Horlacher sah auf. In seinen Augen
lag so viel Trauer, daß Bienzle der Satz, ‹der Mohr hat seine
Schuldigkeit getan, der Mohr kann gehen›, im Hals stecken-
blieb. Statt dessen sagte er:
«Ja, dann will ich mal nicht weiter stören.»
Er machte auf dem Absatz kehrt und verließ die Kneipe.

Kögel war nicht schwer zu finden. Gleich hinter dem Großmarkt schloß sich ein breites Gelände an, auf dem Baracken,
Schuppen, Lagerhallen mit weit vorgezogenen Schutzdä-
chern eine kleine, verwinkelte Stadt bildeten, die abends und
nachts wie ausgestorben wirkte. Ein Mann konnte hier leicht
sein Notlager aufschlagen, wenn er sich nur mit den Leuten
vom Wach- und Schließdienst verständigte. Kögel hatte das
offensichtlich getan: denn als Bienzle einen der uniformier-

ten Wächter fragte, dem er gleich hinter der Mauer zum Großmarkt begegnete, wies der nur mit dem Daumen über die Schulter, fragte aber immerhin: «Hat er irgendwie Dreck am Stecken?»

«Weiß nicht», gab Bienzle zurück.

Kögel saß unter der hohen Rampe eines Lagerschuppens wie ein indischer Weiser im Schneidersitz. Vor seinen Füßen blubberte ein kleiner Wasserkessel auf einem Esbitkocher. Bienzle grüßte und zog eine umgestürzte Kiste heran, um sich draufzusetzen.

«Spionieren Sie mir nach?» fragte Kögel.

«Mhm», Bienzle nickte und deutete auf den Kocher: «Pfefferminztee?»

«Salbei!»

«Krieg ich einen Schluck?»

Kögel goß wortlos einen Becher voll und reichte ihn dem Kommissar. Bienzle nippte und nickte anerkennend, als ob's ein besonders guter Tropfen wäre. «Ich würd's gern kurz machen», sagte er dann.

Kögel schob eine Konservendose auf das Feuerchen. «Sie auch?» fragte er. «Gulaschsuppe.»

Bienzle machte eine abwehrende Geste. «Sie haben den Mörder gesehen.»

Kögel antwortete nicht. Er stand auf, ging ein paar Schritte auf und ab und lehnte sich dann mit dem Rücken zu Bienzle an ein Eisengeländer. Er war fast so groß wie Bienzle, hatte breite Schultern, einen kräftigen Nacken und auffallend schmale Hüften.

«Gut», sagte Bienzle, «nehm ich mir eben doch Zeit!»

Kögel fuhr herum. «Ist doch komisch», fuhr er den Kommissar an, «erst stößt einen diese Gesellschaft aus, und sobald sie einen dann mal brauchen kann, kommt einer wie Sie und verlangt, daß man ihm hilft.»

«Sie meinen, ich bin die Gesellschaft?» Bienzle schmunzelte.

121

Er sah den Mann forschend an. Kögel schien die Ausnahme zu sein, die die Regel bestätigt. Sein Körper wirkte durchtrainiert. Sein Gesicht war glatt. Das kräftige Kinn verlieh dem Gesicht einen entschlossenen Ausdruck ebenso wie die harten Augen. Nur der viel zu weiche, volle Mund paßte nicht ins Bild.

«Wenn nicht Sie, wer dann?» schnappte Kögel.

«Sie waren im Park, als der Mord an Oswald geschah, obwohl Sie gar nicht im Park kampieren», sagte Bienzle ruhig.

«Ein Mord geschieht nicht, ein Mord wird begangen, Kommissar!»

Bienzle sah den Mann mit einem Anflug von Hochachtung an.

«Im übrigen: Ich bin oft im Park», sagte Kögel, «heute nacht werde ich wieder da sein.»

«Ach ja? Darf man fragen, warum?»

«Aus dem gleichen Grund wie Sie!»

Bienzle konnte seine Überraschung nicht verbergen. Es trat eine lange Pause ein. Bienzle spürte, daß er jetzt Geduld haben mußte. Er sah zum Himmel hinauf und wartete. Die Luft roch nach Gewitter und ließ sich schwer atmen. Die Vorstellung, hier zwischen Baracken und Schuppen die Nächte zu verbringen, ließ Bienzle frösteln. Er war so stolz darauf, warten zu können. Nicht umsonst verglichen ihn die Kollegen deswegen mit einer Katze. Das Gefühl für die Zeit vermochte der Kommissar auszuschalten – meistens wenigstens. Heute fiel es ihm besonders schwer. Er sah zu Kögel hinüber. Der hatte seine beiden Zeigefinger ineinander verhakt und zog mit aller Kraft, als ob er mit sich selber fingerhakeln würde. Sein Atem ging zunehmend schwerer. Dann plötzlich löste sich die Spannung. Er sah Bienzle direkt in die Augen und sagte: «Georg Kressnik – wir haben ihn nur Schorsch genannt...»

«Das zweite Opfer...?»

«Mein bester Freund. Wir haben alles zusammen gemacht...»

«Alles?» Bienzle schämte sich wegen der Frage.

«Ja, alles. Auch das! Er war schwul, ich bin schwul. Genügt das?»

«Wenn's Ihnen genügt...», sagte Bienzle leise.

«Mehr haben Sie dazu nicht zu sagen?»

«Ich habe keine Vorurteile, wenn Sie das meinen. Jeder soll nach seiner Fasson selig werden – da halt ich's mit dem Alten Fritz, wenn ich dem knochentrockenen Kerle auch sonst nicht viel abgewinnen kann – wissen Sie, was ich neulich gelesen habe? Der Alte Fritz habe sich ein Leben lang permanent übernommen, der hat ständig versucht, ein bißchen mehr zu leisten, als sein Körper und sein Geist zu leisten bereit waren. Das müssen Sie sich mal vorstellen.»

«Verrückt!»

«Na ja, Sie habet sich au a bißle viel vorg'nomme, Herr Kögel. Da gibt's eine ganze Polizeisonderkommission mit allen technischen und personellen Möglichkeiten, und Sie wollen uns den Mörder Ihres Freundes im Alleingang liefern.»

«Ich denke nicht dran. Wenn ich ihn erwische, stirbt er genauso wie Schorsch und die anderen!»

«Mein Gott, ein Rächer – ich halt's nicht aus. Haben Sie nichts anderes zu trinken als Salbeitee?»

«Tut mir leid.» Kögel setzte sich wieder unter die Rampe. Bienzle streckte die Beine weit von sich und hakte die Daumen in den Hosenbund. «Wenn Sie so gut mit dem Kressnik befreundet waren, warum haben Sie dann zugelassen, daß er zum Penner wurde?»

«Ich mache mir schon selber Vorwürfe genug», gab Kögel zurück. «Da brauche ich Sie nicht auch noch dazu.»

Bienzle schämte sich ein wenig. Was wußte er schon darüber? Wie zu sich selber sagte er: «Wenn mir das passieren würde – ich glaube, ich hätt' keinen Freund, der sich so um mich kümmern würde.»

«Das weiß man immer erst, wenn's soweit ist», sagte Kögel. «Im übrigen, vergessen Sie nicht, der Schorsch und ich, wir waren wie Mann und Frau.»

Bienzle dachte an Hannelore und fand das ganz in Ordnung.

«War wohl ziemlich schlimm für Sie», sagte der Kommissar.

Kögel nickte. «Fast hätte er mich mit reingezogen. Ich hätte ihn sich selber überlassen sollen. Dem war sowieso alles egal.»

«Kressnik?»

«Erst hat er nur getrunken. Deshalb hat er dann seinen Job verloren, vielleicht auch deshalb, weil sie ihm draufgekommen sind, daß er schwul war. Und da ist er dann auf härtere Sachen umgestiegen.»

«Heroin?»

«Kokain – scheißteuer das Zeug. Das müssen Sie sich vorstellen: Ich hab einen zweiten Job angenommen, nur um ihm das Zeug zu finanzieren.»

Bienzle sagte ernst: «Sie müssen ihn sehr gemocht haben.» Und Kögel antwortete traurig: «Er war meine große Liebe!»

Bienzle nickte. Kögel ließ ihn nicht aus den Augen, als er nun sagte: «Lachen Sie ruhig.»

«Ich? Aber warum denn um Gottes willen?»

«Ich dachte...»

«Schade, daß Sie ihm nicht helfen konnten», sagte Bienzle. Kögel schüttelte den Kopf. «Helfen konnte man ihm nicht – nur dasein, für den Fall, daß er's geschafft hätte. Verstehen Sie – aus eigener Kraft.»

Bienzle stand auf. «Überlassen Sie den Mörder uns», sagte er. «Es ist besser so!»

Danach hatte er den Hund bei Hannelore abgegeben. Sie war nun schon dabei, Passepartouts um die Zeichnungen zu legen. Es war geschafft. Viel früher, als sie gedacht hatte. Sobald sie vollends fertig wäre, würde sie sich hinlegen und sechzehn Stunden schlafen – wenn's der Hund zuließ.

«Ich auch, ich steh eine ganze Woche nicht mehr auf», sagte Bienzle, «falls dieser blöde Juckreiz mich überhaupt schlafen läßt.» Die Brandwunden hatten zu nässen begonnen.

«Paß auf dich auf», sagte Hannelore. Es klang ein wenig routiniert.

Eine halbe Stunde später schlenderte Bienzle langsam durch den Park. Hinter dem Seerestaurant machte er einen Umweg, um an Charlotte Finks Nest vorbeizukommen. Er sah durch die dichten Weidenzweige einen Lichtschimmer, ging in die Hocke und rief leise: «Sind Sie da, Charlotte?» Der Lichtschimmer erlosch.

«Ich bin's, der Bienzle!»

Das Licht ging wieder an.

«Kommen Sie rein!»

Auf den Knien kroch er unter die Laubglocke. Charlotte Fink saß mit untergeschlagenen Beinen, die Fersen unter dem Po, auf dem Schlafsack und hielt die Taschenlampe unters Kinn, um ihrem schmalen Gesicht einen gespenstischen Ausdruck zu verleihen.

«Haben wir als Kinder auch gemacht», sagte Bienzle. «Aber wir haben auch Angersche ausg'höhlt...»

«Was?»

«Futterrüben sagt man wohl.»

«Ach so.» Sie hängte die Taschenlampe an einen Zweig.

«Zwei Schlitze für die Augen, einen für die Nase und einen für den Mund. Oben haben wir sie abgeschnitten – skalpiert, um genau zu sein. Dann wurde eine Kerze reingestellt, der Deckel – der Skalp – kam wieder drauf. Das Ganze wurde auf

125

einen Besenstiel gesteckt, und den haben wir dann vor den Fenstern der Mädchen hochgehoben, so daß das Gesicht unseres Rübengespenstes durchs Fenster hineinsah.»

«So einer waren Sie also?»

«Mhm! Und heut mach ich den Leuten immer noch angst.»

«Mir nicht!»

«Kann schon noch kommen.»

Charlotte ließ sich zurücksinken, ließ aber die Beine noch immer gekreuzt. Das sah fast artistisch aus. Die Schenkel führten nahezu waagerecht vom Becken weg. Charlottes kurzer Rock rutschte hoch. Selbst das notdürftige Licht der Taschenlampe erhellte die Szene genug, um zu erkennen: Charlotte war zwischen den Schenkeln nackt.

«Würden Sie mich gerne vögeln?» fragte sie, streckte endlich die Beine aus und spreizte sie aufreizend dabei.

«Hören Sie auf», sagte er, «ich könnt' Ihr Vater sein!»

Ruckartig fuhr sie hoch und saß wieder auf den Fersen. Ihr Gesicht hatte sich mit einem Schlag total verändert. «Raus hier!» zischte sie.

Bienzle lächelte. «Sie sagen das, als ob's ein Haus wär.»

«Raus!» schrie sie, und dann immer heftiger werdend, als ob sie eine Panik erfaßt hätte: «Raus! Raus!! Raus!!! Raus!!! Raus!!!!»

«Ich geh ja schon», sagte Bienzle. Und versuchte, seiner Stimme einen beruhigenden Ton zu geben. «Ich könnte Ihr Vater sein, hab ich gesagt, aber ich bin es ja nicht – sonst müßt' ich mich ja womöglich vor Ihnen fürchten!»

Es kostete ihn ein wenig Mühe hinauszukriechen. Charlotte schrie: «Bleiben Sie! Bleib doch da!»

Bienzle drehte sich noch mal zu ihr um und setzte sich auf den Hintern. «Machen Sie sich nichts vor. Auf dem Marktplatz von Tübingen wären Sie achtlos an mir vorbeimarschiert. – Die Situation ist ungewöhnlich. Ich bin's nicht!»

126

«Du Arsch, du hast nichts verstanden. Nichts! Überhaupt nichts!»

Bienzle sah aufmerksam in das aufgebrachte Gesicht der jungen Frau: «Haben Sie mir etwas zu sagen?»

«Darum geht's doch nicht!»

«Und worum geht's dann?»

«Ich weiß nicht.»

«Warum sind Sie im Park, Charlotte?»

«Hau ab, Mann!» Sie warf den Kopf in den Nacken, daß die langen Haare flogen.

«Immer das gleiche: besorgte Fragen. Gespielte Anteilnahme. Leck mich am Arsch, Bulle!»

«Gute Nacht!» sagte der Kommissar und kroch vollends hinaus.

«Feigling», zischte Charlotte.

Bienzle richtete sich auf und blieb noch einen Augenblick unentschlossen stehen. Es klang, als weinte Charlotte Fink in ihrer Laubhütte. Trotzdem widerstand Bienzle der Versuchung, zu ihr zurückzukehren. Mit wütenden Schritten stapfte er den Parkweg hinunter. Ein seltsam warmer Wind blies ihm ins Gesicht.

Bienzle spürte Sand zwischen den Zähnen – aufgewirbelt durch die heftigen Böen. Dreck von den Parkwegen.

Er traf auf Anna, Fette und fünf, sechs andere Penner, die gerade dabei waren, ihre Habe zusammenzupacken.

«Das wird eine wüste Nacht», sagte Anna, als Bienzle fragte, was sie denn vorhätten.

«Du meinst, weil Sturm und Regen angesagt sind?»

«Ja, das auch. Wir ziehen jedenfalls in die Klett-Passage, wenn deine Bullen uns lassen.»

«Im Zweifel leg ich ein gutes Wort für euch ein.»

Anna sah ihn intensiv an. «Vielleicht gibt's noch mal ein Feuer heute nacht.»

«Vielleicht haben wir den Täter ja schon.»

Die anderen Penner zogen schon ab. Anna sah ihnen unentschlossen nach. «Du hättest den lachen hören sollen, Bulle.»

«Den Täter?»

«Ich fackel euch alle ab!» hat er geschrien und gelacht, gelacht, gelacht. Ich sag dir, das ist ein Verrückter. Einmal ist er den Baum rauf wie ein Affe. Und den wollt ihr gekriegt haben?»

Sie kicherte. Bienzle wendete den Kopf ab. Annas Atem stank nach billigem Fusel.

«Du bist besoffen», sagte der Kommissar.

«Ja was denn sonst, wenn so 'ne Weltuntergangsnacht kommt und so 'n Feuer?!»

Bienzle ließ sich auf eine Bank fallen.

«Komm, setz dich noch einen Augenblick zu mir», sagte er.

«Haste wieder so 'n guten Wein dabei?»

«Leider nicht.»

«Willste was von meinem?»

«Nicht jetzt, sieht ja so aus, als hätt' ich eine schwere Nacht vor mir.»

Anna ließ sich neben ihm nieder. Balu legte sich auf ihre Füße. Sie nahm einen langen Schluck aus der Flasche, wischte sich den Mund mit dem Handrücken ab, rülpste und gab dann ein langes «Aaaahh» von sich.

«Wie hat's dich eigentlich hierherverschlagen?» fragte Bienzle so sachlich wie möglich.

«Willst du die Geschichte wirklich hören?»

«Ja, warum nicht?»

«Weil sie genauso banal ist wie alle anderen. Ich war mal verheiratet.»

«Kinder?» fragte Bienzle dazwischen.

«Zum Glück nicht – ich meine, zum Glück für die Kinder...»

«Hab ich mal einen Satz dazu gelesen», sagte Bienzle, «‹das beste wäre, nicht geboren worden zu sein, aber wer hat schon das Glück, unter Hunderttausenden kaum einer›.»
Anna lachte ihr Gießkannenlachen.
«Tucholsky, glaube ich – aber erzähl weiter, ich hab dich unterbrochen.»
«Kommt mein Mann eines Tages und gesteht, er ist schon seit anderthalb Jahren arbeitslos. Er wollt's nicht zugeben. Ist jeden Morgen aus dem Haus, als ob nichts wär'. Hat sich dann den ganzen Tag auf der Straße rumgetrieben, in der Landesbibliothek hat er Zeitung gelesen, dann hat er bei Gerichtsverhandlungen zugeguckt und bei Landtagssitzungen, was weiß ich. Abends isser um halb sechs nach Hause gekommen – wie immer. Wir sind in den Urlaub gefahren – wie immer. Und dann an einem Tag, genau am 17. Oktober 1989, sagt er: ‹Jetzt muß ich dir ein Geständnis machen. Das Geld ist alle, außerdem hab ich mich bis über beide Ohren verschuldet. Es geht nicht mehr. Nichts geht mehr.› Er hat alles ganz genau aufgeschrieben – den ganzen totalen Bankrott. ‹Ich hätte längst wieder 'ne Arbeit finden können, was verdienen›, hab ich gesagt. Aber das hätte er nicht zugelassen. ‹Meine Frau hat das nicht nötig.› Na ja, er ist dann ja auch zu stolz gewesen, zum Arbeitsamt zu gehen und Stütze zu kassieren. Und an dem einen Abend haut der mir das alles vor 'n Kopf. Dann sagt er noch: ‹Studier das alles in Ruhe, Anna. Vielleicht fällt dir ja was ein›, geht raus und rauf auf den Dachboden und springt von dort oben runter – Kopf voraus. 'ne Nachbarin hat's gesehen. Der ihren Schrei hör ich jetzt noch manchmal nachts im Traum.»
Bienzle legte unwillkürlich seine Hand auf ihren Arm, und Anna lehnte sich dankbar gegen ihn. «Jetzt frag ich dich, was kannst du da noch machen – außer saufen? Die Vermieter haben mich ruckzuck rausgeschmissen. Verwandte habe ich nicht, Freunde kannste vergessen in so 'ner Situation. Aber

so wie mein Horst wollt' ich's nicht machen, will ich nicht, ne, das will ich nicht.»

Bienzle drückte ihren Arm.

«Ich kann dir sagen», fuhr Anna fort, «das geht dann schnell. Keine Wohnung, keine Arbeit. Kriegste keine Arbeit, kriegste keine Wohnung, haste keine Wohnung, kriegste keine Arbeit. – Das halt, was die Sozialfuzzis den Teufelskreis nennen. Dann kriegste mal Arbeit, kommst aber nicht von der Flasche weg – also fliegste wieder raus.»

Bienzle nickte. Natürlich hatte er das alles schon gelesen, aber das hier war was anderes als eine Zeitungsreportage.

«Ich sag ja», fuhr Anna fort, «es ist 'ne ganz banale Geschichte. Jeder von denen hier hat so eine. Jeder hat auch schon erlebt, was das heißt, draußen zu sein. Da kann dich jeder verachten, anpöbeln, durch den Park jagen, wenn's junge Kerle sind, auf dir rumtrampeln, dich demütigen. Das passiert jeden Tag.»

«Ich würd' dir gern helfen, Anna.»

«Vergiß es, Bulle. Bring mir mal wieder 'ne Flasche vorbei.» Abrupt stand sie auf und ging davon. Über die Schulter rief sie noch zurück. «Und paß heut nacht ein bissel auf. Irgendwas ist nicht, wie's sein soll.»

Bienzle blieb sitzen wie paralysiert. Noch nie in seiner Laufbahn war ihm seine Arbeit so sinnlos vorgekommen wie in diesem Augenblick.

Inzwischen war es fast Nacht geworden. Böen kündigten den Sturm an und wirbelten Blätter, Gras und weggeworfenes Papier hoch. Bienzle zog den Parka enger um die Schultern. Er spürte die Flasche in der Tasche. Jetzt schämte er sich. Wenn Anna, als sie sich gegen ihn gelehnt hatte, die Flasche ebenfalls gespürt hatte, mußte sie ihn für einen Geizhals halten. Er widerstand dem Impuls, ihr den Stettener Pulvermächer hinterherzutragen.

Der Wind nahm weiter zu und beugte die Bäume und Büsche. Bienzle sah den Penner mit den Krücken eilig auf den Eingang zur Klett-Passage zuhumpeln. Horlacher tauchte auf. Bienzle erhob sich von der Bank. Doch bevor Horlacher den Alten erreichte, bog er ab und mußte nun zwangsläufig an dem Kommissar vorbei: Horlacher war nicht mehr sicher auf den Beinen. Er hätte Bienzle nicht gesehen, wenn der ihn nicht angesprochen hätte: «Sag mal, wo zieht's dich noch hin?»
Horlacher blieb stehen. «Jetzt weißt es ja», sagte er trotzig.
«Du und die Fink...» Bienzle schüttelte den Kopf.
«Di hätt' dich auch rumgekriegt.»
«Wem sagst du das!»
Aber Horlacher schien Bienzles Antwort gar nicht gehört zu haben.
«Das ist nämlich was anderes als Hausmannskost.»
«Jetzt komm, Horlacher...»
«Bei jeder Sucht spricht man vom Wiederholungszwang!»
Horlacher hatte sich vor Bienzle aufgebaut und wirkte ausgesprochen komisch, wie er in seinem Suff so dastand, mit schwankendem Oberkörper, aber die Beine förmlich in den Boden gerammt, und dozierte.
«Wenn du so lebst wie ich, dann... also dann... dann sind solche... wie soll ich denn sage...»
«Sexuelle Sensationen», schlug Bienzle unernst vor.
«Ja genau, das trifft's – aufs Haar.»
Bienzle hatte keine Lust, Horlachers allzu großer Bereitschaft, die erotischen und sexuellen Komponenten seiner Beziehung zu Charlotte Fink zu schildern, weiter nachzugehen. Deshalb fragte er betont sachlich: «Sag mal: Habt ihr manchmal über die Morde an den Pennern gesprochen, du und die Charlotte Fink?»
«Wie meinste das?» Horlacher ließ sich neben Bienzle nieder und sah ihn aus seinen verquollenen Augen überrascht an.
«So, wie ich's sag!»

«Ja no, es hat sie natürlich interessiert. Schließlich lebt sie ja auch im Park. Ich hab mir ja jedesmal g'schwore, ich geh nicht mehr zu ihr...»

«Ihr habt euch immer hinterm Seerestaurant getroffen?»

«Ja, da hat sie ihr Versteck. Fast wohnlich. Jetzt wo's Herbst wird, taugt's natürlich nichts mehr.»

«Und was macht sie, wenn der Winter kommt?»

«Das hat sie mir nicht verraten. Irgendwie hat sie was in der Hinterhand. Das ist eigentlich keine Pennerin.»

«Ihr habt also über unsere Einsätze gesproche.» Bienzle hatte das Gespräch zwischendurch bewußt in der Schwebe gehalten.

«Du meinst, ob sie mich vielleicht ausg'horcht hat?»

«Hat sie oder hat sie nicht?»

«Vielleicht.»

«Jetzt, komm!»

Horlacher fuhr auf. «Wenn ich's doch nicht genau sage kann!»

«Versuch dich zu erinnern.»

Horlachers ohnehin gequältes Gesicht bekam einen noch gequälteren Ausdruck.

«Los, Mann!» Bienzle war nicht gewillt lockerzulassen.

«Kann sein, daß ich aus Versehen was verraten hab...»

«Komm, wir reden hier unter Freunden. Verrat eines Dienstgeheimnisses...», Bienzle winkte geringschätzig ab, «interessiert mich nicht.»

«Ich hab's nie unter dem Aspekt betrachtet.» Horlacher schien schlagartig nüchtern geworden zu sein.

«Ja, klar», sagte Bienzle.

«Wie denn auch?» fuhr Horlacher auf. «Des Mädle kann doch kein' Mord begehe.»

«So, meinst?»

«Ja, ja, ich weiß schon, jedem Menschen ist ein Mord zuzutrauen.»

«So ist es! Also: Du hast ihr unsere Operationen unwillent-
lich – wie's im Protokoll heißen würde – verraten.»
Horlacher vergrub sein Gesicht in den Händen. «Ich bin doch
immer ein guter Polizist g'wese.»
«Du warst es dann auch, der bei dem Andreas Kerbel eingebrochen ist. Wie ein Profi.» Bienzle mußte unwillkürlich
grinsen. «Hast ganze Arbeit geleistet, muß man dir lassen.
Hast das Mädchen geschützt und dich selber, aber in Gottes
Namen halt auch den Mörder, nehm ich an.»
«Ich war doch immer ein guter Polizist», wiederholte Horlacher.
Bienzle legte ihm die Hand auf die Schulter. «Einer von den
besten, und das wirst du auch wieder.»
Horlacher nahm die Hände vom Gesicht. Es war tränenüber-
strömt. «Alles weg», schluchzte er, «ich war ein guter Beamter, ein guter Vater, ein brauchbarer Freund und gar kei so
schlechter Ehemann. Wie passiert denn so was, Bienzle?»
«Du sagst es ja selber: Es passiert! – Eins kommt zum andern. Ich hab heut abend schon mal so a G'schichte g'hört.»
Bienzle schneuzte sich umständlich in ein großes Taschentuch und sagte dann gnatzig: «Bei dem Scheißfall hol ich mir
noch die schlimmste Erkältung.» Er sah zu Horlacher hinüber. Der saß da wie ein Klotz, die Füße dicht parallel nebeneinander, die Hände auf den Knien, den Blick gradeaus gerichtet.

Der Abend war ungewöhnlich dunkel. Der böige Wind wir-
belte dürre Zweige, Papierfetzen und welkes Laub um die
Köpfe der beiden Männer. Sie sprachen unwillkürlich lauter.
Irgendwo zerbrach klirrend eine Glasscheibe. Sie waren jetzt
– wie es schien – die einzigen Menschen im Park. «Eins
kommt zum anderen», wiederholte Bienzle, «und so muß es
auch sein, wenn du dich wieder rappelst. Zuerst einmal solltest du in eine Kur.»

133

«Ich bin kein Säufer. Ich kann jederzeit aufhöre!»

«Ja, dann hör doch endlich auf!» schrie Bienzle plötzlich rot vor Zorn. «Guck die doch an, die auf der Straße landen!! Willst du etwa auch so ende, Heilandsack?!»

Horlacher stand auf und sagte düster: «Nein, das wirst du bei mir nicht erleben! Gute Nacht, Bienzle!»

Damit stapfte er in die Nacht hinein. Der Wind zerzauste sein Haar und schlug ihm die offene Jacke aufs Kreuz.

Bienzle lehnte sich zurück. Die Bäume ächzten unter dem starken Wind, der ihre Kronen zauste und ihre Stämme beugte. Und der Sturm nahm noch zu. Bienzle hatte in der Zeitung gelesen, daß eine plötzlich auftretende Kaltfront, die über das noch warme Wasser der Meere daherkam, Turbulenzen ausgelöst habe, die durchaus auch in gemäßigten Regionen zu Orkanen führen konnten.

«Sei's drum!» Er saß da, als ob er das Wetter nicht wahrnehmen würde, saß da wie jemand, der einen anderen erwartet. Er saß da und harrte aus, ohne zu wissen, warum. Was hatte die Anna gesagt? «Den hättest du sehen sollen, einmal ist er den Baum rauf wie ein Affe.» Und Alfons: Gewandt sei der Täter gewesen, geschmeidig, sportlich. Peter Kerbel wirkte durchtrainiert, Kögel nicht weniger, auch Charlotte hätte man zutrauen können, daß sie einen Baum hinaufklettern konnte. Und Horlacher? Früher war er immer unter den ersten Zehn bei den Polizeisportfesten gewesen. Bienzle scharrte ärgerlich mit dem Fuß im Kies unter der Parkbank. Horlacher also war bei Andreas Kerbel eingebrochen? Es wurde immer schwerer, den Freund vor sich selber und den anderen zu schützen.

Bienzle beugte sich weit vor und hob einen kleinen Ast auf. Er ritzte ein Dreieck in den Kies, wischte es mit dem Fuß weg und ritzte ein Viereck ein. Indem er nacheinander auf jede der vier Ecken tippte, sagte er leise: «Horlacher, Charlotte, Peter Kerbel, Andreas Kerbel.»

134

Nachdenklich schaute er auf. Keine 50 Meter entfernt, sah er auf dem Parallelweg, wie ein Mann auf einem Fahrrad tief gebeugt gegen den Sturm ankämpfte. Kögel, fuhr es ihm durch den Kopf. Der Fahrradfahrer hielt auf den Landespavillon zu.

Und dann näherte sich Bienzle plötzlich eine Gestalt – geschoben vom Wind, der nun schon die ersten schweren Regentropfen vor sich hertrieb. Es schien, als würde auch die Gestalt auf ihn zugetrieben. Immer rascher bewegte sie sich von einem Lichtkreis, den die Laternen auf den Kies malten, zum nächsten. Dazwischen verschwand sie fast im Dunkeln. Einen Augenblick glaubte Bienzle, Charlotte Fink entdeckt zu haben. Als die Gestalt vor ihm anhielt und die Kapuze des Regenmantels aus der Stirn schob, erkannte er Doris Horlacher. «Ernst, bist du's?»

«Mhm», machte er nur.

«Wo ist Arthur?»

«Vor fünf oder zehn Minuten war er noch da. Ich hab das Gefühl für die Zeit ein bißchen verloren.»

«Ich muß ihn finden.»

«Ja», sagte Bienzle nur.

«Er muß heimkommen!»

Bienzle nickte. «Du hast recht. Wenn er jetzt nicht heimkommt, schafft er's vielleicht nie mehr», sagte der Kommissar. «Komm, wir suchen ihn.»

«Ja, hast du denn Zeit? Mußt du nicht...?»

«Ich glaub, das kommt aufs gleiche raus», unterbrach Bienzle sie und nahm ihre Hand.

Im Präsidium hatten Gächter und Hanna Mader unterdessen Peter Kerbel nach allen Regeln der Verhörkunst zugesetzt. Das hatten sie alle beide gelernt: Beim Verhör mußten zugleich ein gütiger und ein strenger Beamter auftreten. Der eine hatte den Verständigen zu spielen, der andere hatte die

Rolle des harten Zutreibers – mit dem Effekt, daß der Verdächtige beim sanften Beamten Schutz suchte. Natürlich funktionierte das nur, wenn zwischen Delinquenten und Polizisten eine emotionale Beziehung herzustellen war. Eine Zeitlang schien es auch zu klappen. Gächter spielte den harten Zutreiber, Frau Mader die weiche, Kerbel sehr zugetane Frau. Doch ab einem bestimmten Punkt hatte Kerbel nur noch stereotyp geantwortet: «Ich sag nichts mehr ohne Anwalt.» Gächter telefonierte mit Staatsanwalt Maile, der sich erstens darüber aufregte, daß man ihn so spät am Samstagabend noch störte, und zweitens ungehalten war über eine Festnahme, die ohne seine Zustimmung und «aller Wahrscheinlichkeit nach wieder einmal nur aus einer Laune des Herrn Bienzle heraus» vorgenommen worden war. Jedenfalls, er würde keinen Richter rausklingeln, um einen Haftbefehl zu erwirken. Gächter legte auf und sagte zu sich selber: «Mein Gott, was für ein Schleimer!» Dann ging er in Bienzles Zimmer zurück und sagte: «Das wär's fürs erste.»

«Was soll das heißen?» Peter Kerbel bekam sofort Oberwasser.

«Sie können gehen!»

«Ach, so einfach ist das. Die Polizei holt einen grade mal so vom Fernsehen weg, spricht die hanebüchensten Beschuldigungen aus, beleidigt mich, behandelt mich wie einen Verbrecher, und dann ist plötzlich die Luft raus, und das Ganze war nichts weiter...»

«...als ein Informationsgespräch», ergänzte Gächter mit seinem schönsten Haifischlächeln. «Genau, Herr Kerbel, und das würden meine Kollegin und ich behaupten, wenn ich Ihnen dabei alle Vorderzähne eingeschlagen hätte.»

Frau Mader schnappte nach Luft. «Im übrigen», fuhr Gächter fort, «würde ich an Ihrer Stelle nicht mehr besonders ruhig schlafen. Daß Sie für den Augenblick nach Hause gehen kön-

nen, hat gar nichts zu bedeuten. Wir haben Sie am Kant-
haken, und wenn Sie was damit zu tun haben, beweisen wir's
Ihnen!»
Kerbel machte nur noch geringschätzig «Pfffff» und verließ
dann das Büro Bienzles fast fluchtartig durch die Tür, die ihm
Gächter bereitwillig öffnete.
«Mein Gott, was führen Sie bloß für Reden», entsetzte sich
die Kommissarin. «Wird hier bei Verhören etwa geprü-
gelt?»
«Nein, aber das kann er ja nicht wissen.» Gächter angelte
seinen Mantel vom Haken.
«Wo wollen Sie hin?»
Gächter hob das Telefon ab, rief im Raum der Sonderkommission an und bat zwei Kollegen, Peter Kerbel, der gerade
das Haus verließ, zu observieren. Danach wendete er sich
wieder Frau Mader zu. «Wie wär's mit einem kleinen Abste-
cher an die Front?»
«Ja, ich weiß nicht...»
«Oder wollen wir den Rest dem Bienzle alleine überlassen?»
Das genügte Frau Mader, um entschlossen zu sagen: «Ich
komm mit – ich hol mir nur schnell wetterfeste Kleidung.»
Eilig ging sie hinaus. Gächter sah nicht unzufrieden aus.

Als es bei Hannelore klingelte, glaubte sie, Bienzle habe wieder mal seinen Schlüssel vergessen oder im Büro liegenlas-
sen. Sie öffnete die Tür und stand Charlotte Fink gegenüber.
«Bei so einem Wetter jagt man ja nicht mal einen Hund auf
die Straße», sagte sie. «Ist der Bienzle da?»
Hannelore schüttelte den Kopf. Sie hatte grade alle Zeichnungen noch mal aufgestellt, um sie in aller Ruhe zu betrachten. Jetzt, da sie ordentlich mit Passepartouts umrahmt waren, hatten sie erst die richtige Wirkung, fand Hannelore
Schmiedinger. Charlotte betrat ganz selbstverständlich die

Wohnung. Den Tee, den Hannelore ihr anbot, nahm sie dankend entgegen. Für Hannelores Wunsch, gleich weiterarbeiten zu können, hatte sie volles Verständnis.

Völlig ungeniert zog sie im Wohnzimmer ihre Kleider aus und verstreute sie dabei so, daß der Raum in Sekundenschnelle wie ein schlampiges Kinderzimmer aussah. Während sie sich auszog, zündete sie sich eine Zigarette an. Die Asche verteilte sie so gleichmäßig im Zimmer wie ihre Klamotten.

«Ich geh ins Bad», rief sie in Richtung Küche. Hannelore sah Charlotte nackt über den Flur gehen, goß den Tee auf und ging wieder an ihre Arbeit.

Dann stand Charlotte in ein Badetuch gewickelt hinter Hannelores Stuhl und sah ihr interessiert zu. «Alles geregelt hier, hmm?»

«Wie meinen Sie das?»

«Na ja – Sie machen Ihren Job, und Ihr Typ macht seinen Job. Und jeder läßt den anderen, oder?»

«Meistens», gab Hannelore einsilbig zurück. Charlotte roch nach Hannelores Parfüm. Charlotte Fink ging auf und ab. Die Dielen knarzten leise unter ihren Tritten – ein Geräusch, das Hannelore schon immer nervös gemacht hatte.

«Ich könnt' das nicht», sagte Charlotte.

«Was könnten Sie nicht?»

«Dauernd auf einen anderen Rücksicht nehmen.»

Hannelore hätte am liebsten gesagt: «Ja, das merkt man, aber mich könntest du gefälligst in Ruhe lassen.» Statt dessen sagte sie: «Ist auch nicht immer ganz einfach.»

Eine Weile war außer den unruhigen Schritten auf dem Dielenboden nichts zu hören. Hannelore begann, die Blätter in eine Mappe zu legen. Plötzlich wurde ihr bewußt, daß die Schritte verstummt waren.

Die Stille im Zimmer wirkte mit einemmal bedrohlich. Dann hörte sie ein leises, metallisches Klicken. Hannelore fuhr herum. Charlotte Fink stand dicht hinter ihr und hielt eine Pistole in der rechten Hand.

«Ich hätte Sie in diesem Moment umbringen können, ohne daß Sie auch nur im geringsten etwas geahnt hätten. Sie hätten's vermutlich nicht mal gemerkt.»

Hannelore spürte, wie die Kälte in ihren Körper kroch.

«Und warum hätten Sie das tun sollen?»

«Ohne Warum – einfach so.»

«Jemanden töten – einfach so?» Hannelore kam die Situation mit jedem Satz gespenstischer vor.

«Ich kenne jemand, der sagt, daß man sich niemals mächtiger und stärker fühlt, als wenn man tötet.»

Hannelore wollte sagen: «Aber das ist doch der reine Irrsinn.» Aber sie hatte Angst vor der Reaktion dieser jungen Frau, deren Hand unverändert die Waffe umkrampfte.

«Er sagt, es sei das absolut geilste Gefühl.»

«Das würde doch aber bedeuten, daß er's schon mal getan hat.» Hannelore saß noch immer wie festgenagelt auf ihrem Stuhl, den Oberkörper nach hinten gedreht, das Gesicht Charlotte Fink zugewandt.

«Er sagt, das befreit dich.»

Hannelore sah die junge Frau an. So war das also: Charlotte Fink kannte den Täter, war vermutlich seine Freundin. Die Spannung wich ein wenig. Hannelore glaubte nicht, daß die junge Frau wirklich schießen könnte. «Kommt doch sicher drauf an, wovon oder von wem man sich befreien muß», sagte sie.

Charlotte nickte. «Kennen Sie das Gefühl, wenn man auf einem hohen Turm oder an der Abbruchkante eines Felsens steht und in die Tiefe schaut?»

Hannelore war diese Höhenphobie nur zu bekannt. Wenn sie auf einem Turm oder einer hohen Brücke stand, mußte sie sich festhalten, um nicht zu springen. «Es zieht einen runter», sagte Charlotte. «Da ist so ein Sog. Man hat eine ungeheure Lust zu springen. Und wenn dann noch einer kommt und sagt: Spring!»

«Bitte, legen Sie die Pistole aus der Hand», sagte Hannelore sachlich. «Woher haben Sie die Waffe überhaupt?»

Charlotte legte die Pistole nun auf die flache linke Hand, als ob sie die Waffe wiegen wollte. «Gehört meinem Vater. Wahrscheinlich hat er noch gar nicht gemerkt, daß sie ihm fehlt, sonst wär' er sicher längst bei der Polizei gewesen.»

«Sie meinen, er fürchtet sich vor Ihnen?»

Charlotte Finks Gesicht nahm einen düsteren Ausdruck an. «Darauf können Sie wetten!»

«Und warum?»

«Färbt wohl ganz schön ab, was?»

«Bitte?»

«Wenn man mit einem Kriminalbeamten zusammen ist. Sie versuchen alles mögliche aus mir herauszufragen.»

«Tut mir leid, ausfragen wollte ich Sie nicht.»

Charlotte Fink hatte eine der Illustrationen zur Hand genommen. «Können Sie den Kerl da nicht ein bißchen kräftiger machen? Der wirkt so zerbrechlich und soll doch wohl so was wie ein Held sein, oder?, immerhin sitzt er auf einem Pferd und hat ein Schwert in der Hand!?»

Hannelore nahm Charlotte das Blatt weg. Ihre Angst war nun völlig gewichen, obwohl die Bedrohung keineswegs vorbei war.

«Bienzle im Mittelalter oder was?» Charlotte lachte. Sie versenkte die Waffe in ihrer Umhängetasche.

«Ich geh dann mal los», sagte sie.

«Der Tee!»

«Ach so, ja, den trink ich noch.»

Sie gingen zusammen in die Küche. Charlotte goß den Tee durch ein Sieb in einen großen Keramikbecher: «Was haben Sie denn für ein Problem mit Ihrem Vater?» fragte Hannelore.

«Eins?»

«Na gut also, welche Probleme?»

Charlotte Fink wirkte mit einemmal sehr nachdenklich.

«Im Grunde ist es tatsächlich nur eins, aber eins, über das man nicht spricht.»

Hannelore lächelte. «Das unpersönliche ‹man› und ‹es› ‹ist zu vermeiden›, hat unser Deutschlehrer immer gesagt.»

«Sie können sich's eh denken», sagte Charlotte.

Hannelore nickte. Charlotte lachte bitter auf. «‹Meine kleine Frau›, hat er immer zu mir gesagt.»

«Wenn Sie wollen, erzählen Sie's mir», sagte Hannelore.

«Ich denke, Sie müssen arbeiten?»

«Das hat Zeit», sagte Hannelore. Sie sah zu der Küchenuhr hinauf, die über dem Türsturz hing. Der Zeiger sprang grade auf Mitternacht.

SONNTAG

Der Sturm tobte. Er hatte nun auch noch Verstärkung durch ein Gewitter erhalten, das von allen Seiten gleichzeitig auf die Stadt zuzukommen schien. Die wilden Böen rissen ganze Äste von den Bäumen, wühlten Pfützen auf und peitschten sie zu gischtigen Nebeln hoch.

Bienzle und Doris Horlacher hatten den Park bereits in seiner ganzen Länge durchmessen. Auch Charlottes Nest hatte der Kommissar durchstöbert. Die Erklärung dafür nuschelte er so in den Wind, daß die Worte längst fortgetragen waren, ehe sie Doris' Ohren erreichen konnten. – Keine Spur von Horlacher. «Vielleicht sitzt er schon zu Hause», schrie Bienzle Doris ins Ohr. Aber die schüttelte nur den Kopf. Das wußte sie besser.

In der Klett-Passage hatten die Penner ihr Lager aufgeschlagen. Sechs oder sieben von ihnen saßen um einen Schacht, aus dem warme Luft aufstieg. Unter ihnen auch Anna und Fette. Wie fast immer, wenn sie die Flasche kreisen ließen, überboten sie sich mit Geschichten, die zeigen sollten, was für erfolgreiche Menschen sie in Wirklichkeit waren. Einer, den sie Conny nannten, verstieg sich grade dazu, von sich zu behaupten, er sei jahrelang einer der schärfsten Hunde bei den Schwarzen Sheriffs in München gewesen. Einem anderen genügte das Stichwort «Hunde», um sich als einen der besten Züchter und Trainer von Kampfhunden darzustellen. Anna

143

lachte ihr schreckliches Lachen und rief: «Da möchte ich mal wissen, vor was wir uns fürchten, wenn wir solche Männer hier haben.»

Fette hatte schon zuviel getrunken. Er nahm sein Bündel und ging um den nächsten Pfeiler herum, wo er zwischen Betonwand, Pfeiler und einer Schnell-Foto-Kabine («Ihr Paßbild in fünf Minuten») ein warmes Eckchen für sich allein fand.

«Gleich ruft er wieder nach seiner Mama», sagte Conny gehässig.

«Aber zuerst betet er noch», sagte der vermeintliche Hundetrainer, faltete die Hände und sprach mit kindlicher Stimme: «Ich bin klein, mein Herz ist rein...»

«Laßt ihn in Ruhe», schimpfte Anna und verkroch sich zwischen ihren Decken.

Hinter dem Pfeiler hörte man Fette tatsächlich leise wimmernd nach seiner Mama rufen. Aber schon nach wenigen Atemzügen schien er eingeschlafen zu sein.

«Soll ich zu dir reinkommen?» Conny stupste Anna an. «Ich geb warm, ich bin wie 'n Kanonenofen.»

«Leck mich am Arsch», sagte Anna.

Der Hundetrainer schlief schon. Auch den anderen fielen die Augen zu. Es war wie jeden Abend. Wenn nur der Wein reichte, fanden die Penner schnell ihren Schlaf.

In den letzten Wochen hatten sie manchmal Wachen aufgestellt. Aber davon waren sie schnell wieder abgekommen. Und an diesem Abend hatte nur Anna manchmal geglaubt, es drohe ihnen Gefahr. Fette hatte abgewinkt und gesagt: «Dein Bienzle wird uns schon beschützen.»

Und außerdem: Sie waren nur sieben oder acht. Es gab noch ein paar Dutzend mehr ihresgleichen. Keiner glaubte, daß es ausgerechnet ihn treffen könnte.

Bienzle und Doris liefen immer schneller. Der Kommissar spürte, wie die Verzweiflung bei seiner Begleiterin mit jedem Schritt zunahm. Er blieb stehen und hielt sie an beiden Händen fest. «Reg dich nicht so auf», sagte er.

«Jetzt ist er zu allem fähig», schrie Doris durch den aufheulenden Wind. «Wir müssen ihn finden!»

Also rannten sie weiter.

Seit Tagen ging Bienzle dieser Vers nun schon durch den Kopf – ein Ohrwurm, den er nicht mehr los wurde: «Wer jetzt allein ist, wird es lange bleiben...»

Arthur Horlacher hatte in jeder Hinsicht die Orientierung verloren. Er wußte nicht, wie lange er durch die Stadt geirrt war, auch nicht, wie er in die Tiefgarage gekommen war und am wievielten Wagen er schon versucht hatte, den Kofferraum zu öffnen. Endlich schwang einer der Blechdeckel nach oben. Der Ersatzkanister war bis an den Rand gefüllt. Trotzdem, er würde mehr brauchen. Horlacher suchte weiter.

Bienzle und Doris ließen sich erschöpft auf eine Bank aus grünem Drahtgitter sinken.

«Ich habe solche Angst», sagte die Frau Horlachers, «und ich mach mir solche Vorwürfe.»

Bienzle verstand sie auf Anhieb. «Du hast also gesagt, du willst weg von ihm?»

Doris nickte so heftig, daß die Regentropfen aus ihren Haaren fielen.

«Und? Hast dir's anders überlegt?»

«Ich weiß nicht. Damals haben wir uns ja versprochen: in guten wie in schlechten Tagen...»

Bienzle hielt nicht viel von Gelöbnissen dieser Art. Trotzdem war er froh, als Doris Horlacher dies sagte. «Jetzt müssen wir ihn nur noch finden», war alles, was Bienzle dazu einfiel.

Charlotte Fink und Hannelore Schmiedinger saßen sich in der Küche gegenüber. Hannelore spürte, wie die Müdigkeit in alle Fasern ihres Körpers kroch. Balu, der auf ihren Füßen lag, gab eine angenehme Wärme von sich. Diese junge Frau sollte gehen, sollte sie in Ruhe lassen.

«Männer», stieß Charlotte hervor, «ich zahl ihnen alles heim.»

Hannelore ging zum Kühlschrank und holte die halbleere Flasche Sekt. Sie goß ein Wasserglas voll und trank in gierigen Zügen. Vielleicht half's ihr ja, den Rest auch vollends durchzustehen. «Und das alles wegen Ihres Vaters?» fragte sie Charlotte, von der das Badetuch abgeglitten war. Hannelore beneidete die junge Frau um ihre glatte Haut und ihre festen Formen.

«Was weiß ich!» maulte Charlotte.

«Und Kerbel?»

«Welcher?»

«Na der, mit dem Sie offenbar zusammen sind.»

«Pfffffhhhh», machte Charlotte.

«Nein?»

«Wir haben zusammen gespielt...» Charlotte nahm die Sektflasche, setzte sie an die Lippen und trank. «Ihr Typ hat mir beigebracht, wie man richtig aus der Flasche trinkt», sagte sie, als sie die Flasche wieder auf den Tisch stellte.

«Bienzle?»

«Mhm – hoffentlich läuft er dem Peter nicht über den Weg heute nacht!»

«Peter Kerbel? Aber warum?»

«Er steht auf seiner Liste. ‹Jetzt ist der Bulle dran›, hat er gesagt.»

Hannelore sprang auf und stieß dabei die Flasche um. Der Rest des Sekts lief mit leisem Zischen über die Tischkante auf den Küchenboden hinab.

«Der Peter hat sie nicht alle», sagte Charlotte und sah Hanne-

lore dabei lauernd an, «wenn er sich was vorgenommen hat, zieht er's durch. Gnadenlos!» Sie lachte.
«Ist von dem Sekt noch mehr da?»
«Komm, Balu», rief Hannelore mühsam beherrscht. Sie rannte aus der Küche, riß im Korridor ihren Regenmantel vom Haken und rannte hinaus. Das helle Lachen von Charlotte Fink verfolgte sie noch die ganze Treppe hinab.

Arthur Horlacher verließ die Kronengarage. In jeder Hand hatte er zwei Benzinkanister. Er nahm nicht den vorderen Ausgang am Haupteingang der Zeppelinhotels vorbei, sondern schlich über den Hof und verließ das Areal zur Kronenstraße hin. Ein paar versprengte Fußgänger rannten gehetzt über die Fahrbahn, um dem beginnenden Gewitter zu entkommen. Der Wind heulte durch die enge Schlucht zwischen den Häusern. Er war nun so heftig, daß er nicht nur Blätter und Staub vor sich hertrieb, sondern auch leere Bierdosen, halbvolle Plastiktüten und morsche Äste. Horlacher hielt sich dicht an den Hauswänden. Den Kopf hatte er weit nach vorne gebeugt. Als ihm der Wind seine Mütze vom Kopf riß, drehte er sich nicht einmal nach ihr um. Er kam am «Maukenescht» vorbei, drei Männer verließen grade das Lokal. «Sieh dir den an», rief einer von ihnen. Dann schrie er Horlacher hinterher: «Handeln Sie mit den Dingern?» Horlacher stieg die Treppe zur Klett-Passage hinab, ohne sich umzusehen. Droben heulte der Sturm, hier unten war's plötzlich beklemmend still. Warme Luft umfing ihn. Aus dem zweiten Untergeschoß hörte er das Geräusch einer anfahrenden Straßenbahn. Es mußte die letzte sein, der sogenannte «Lumpensammler».

Hannelore war mit dem Wagen bis zum Neckartor gefahren. Als sie heraussprang, warf sie der Sturm beinahe um. Ein greller Blitz zuckte über den Himmel. Als krachend der Donner folgte, fuhr der Hund zusammen und drängte sich dicht an sie. «Los, such den Ernst. Such den Bienzle, los!» herrschte sie das Tier an. Balu stieß einen leise winselnden Ton aus. «Zu irgend etwas mußt du doch zu gebrauchen sein!» schrie Hannelore. Als ob er's verstanden hätte, schnürte der Hund los.

Horlacher erreichte Anna, Fette, Conny und die anderen Penner, die es sich in einer verschwiegenen Ecke der Passage bequem gemacht hatten. Im gleichen Augenblick erloschen die Lampen. Die unterirdischen Gänge, Treppen und Plätze wurden nun nur noch unvollständig von der Notbeleuchtung erhellt.
Horlacher trat zwischen die schlafenden Menschen und sah auf sie hinab. «Pack», sagte er. «Jetzt g'hör ich auch zum Pack!» Er ließ sich mitten zwischen ihnen nieder, kreuzte die Beine und schraubte langsam den ersten Kanister auf.

Zur gleichen Zeit betraten am anderen Ende Doris Horlacher und Bienzle die unterirdische Ladenstadt. Nicht vorstellbar, daß hier etwas hätte passieren können. Noch waren einzelne Fußgänger unterwegs. Sie schlugen große Bogen um die am Boden schlafenden Penner. Bienzle sagte: «Als es das letztemal hier unten passierte, rannten die Passanten nach allen Seiten davon. Du glaubst ja gar nicht, wie schnell und wie weit die Menschen wegsehen können.»

Hannelore erreichte den Landespavillon. Sie blieb stehen und sah sich verzweifelt um. Weit und breit war kein Mensch zu sehen. Schwere Tropfen fielen aus den Wolken. Für einen Augenblick wollte sie sich unter dem Zeltdach unterstellen. Sie stieg die hohen Stufen, die bei Aufführungen als Sitze dienten, hinab. «Suchen Sie jemand?» Hannelore erschrak zutiefst. Balu knurrte und fletschte die Zähne. Unter dem

Dach stand ein Mann gegen sein Fahrrad gelehnt wie jemand, der ebenfalls vorübergehend Schutz suchte.

«Wer sind Sie?» fragte Hannelore.

Der Mann lachte. «Fragen Sie alle Leute, denen Sie zufällig begegnen, wer sie sind?»

«Komm, Balu», sagte Hannelore schnell.

«Balu?» fragte der Mann. «Dem Bienzle sein Balu?»

Der Hund fuhr knurrend auf ihn los. Der Mann trat nach ihm. «Lassen Sie das!» herrschte Hannelore ihn an.

«Wenn man bei dem nicht aufpaßt, beißt er zu!»

«Sind... sind Sie... sind Sie ein Kollege von Ernst Bienzle?»

«Nein, aber wir kennen uns. Ich hab ihn vorhin gesehen – dort drüben saß er auf einer Bank. Ganz still. Wie 'n Penner, echt! – Saß da und hat auf den Mörder gewartet.» Der Mann kicherte.

Hannelore spürte, wie ihr eine Gänsehaut über den Rücken kroch. Ein heller Blitz fuhr über den Himmel und erleuchtete die Szene taghell. Hinter dem Mann, der noch immer lässig an dem Fahrrad lehnte, lag ein zweiter Mann – regungslos. Eine breite Blutspur führte von seiner Stirn auf die Steinplatten und bildete dort eine Lache.

Hannelore starrte den Mann mit dem Fahrrad an. Nur den Bruchteil einer Sekunde lang. Dann wurde das Gesicht in der neuerlichen Dunkelheit ausgelöscht. Aber sie wußte, sie würde es nie mehr vergessen.

Der Mann begriff das im gleichen Moment. Ruckartig richtete er sich auf. Das Fahrrad stürzte krachend hinter ihm zu Boden. Hannelore rannte los. Der zupackende Griff des Mannes ging ins Leere. Es waren nicht mehr als fünfzig Meter bis zum Eingang in die Klett-Passage. Hannelore hetzte mit aufgerissenem Mund, aber ohne einen Ton herauszubringen, auf das schwach erhellte Viereck zu. Daß ihr der Regen ins

Gesicht peitschte, spürte sie nicht. Hinter ihr hörte sie die Schritte des Mannes, die schnell näher kamen. Er hatte sogar noch die Luft zu schreien: «Ich krieg dich so oder so!» Hannelores Fuß blieb an der leicht aufgestellten Kante eines Pflastersteines hängen. Sie strauchelte, kämpfte um ihr Gleichgewicht, verlor den Kampf und schlug hin. Noch im Fallen drehte sie sich um und sah den Mann, der ruckartig stehenblieb. Wieder erleuchtete ein Blitz den Himmel. Sie sah ihn lächeln. Er holte mit der schweren Eisenstange aus. Ein schwarzer Schatten schoß auf ihn zu. Der Mann schrie auf. Hannelore rollte zur Seite. Die Eisenstange fiel klirrend auf den Pflasterweg. Bevor der Donner losbrach, hörte sie noch das wütende Knurren des Hundes, der sich im Oberschenkel des Mannes verbissen hatte. Hannelore sprang auf. Sie tastete im Dunkeln nach der Eisenstange.

«Keine Bewegung!» Gächters Stimme klang seltsam ruhig durch den Sturm.

«Es sind zwei Waffen auf Sie gerichtet», sagte eine Frau aus der Dunkelheit. Dann leuchtete eine Taschenlampe auf.

«Peter Kerbel!» sagte Gächter.

«Rufen Sie doch den Hund zurück!» sagte Frau Mader.

«Das eilt nicht!» sagte Gächter. Hinter dem Lichtstrahl konnte man im Dunkel der Nacht nicht sehen, wie genüßlich er dabei lächelte.

Das Benzin verbreitete einen süßlichen Geruch. Horlacher atmete die Dämpfe tief ein. Vor seinen Augen drehten sich bunte Kreise. Seine Jacke, sein Hemd, seine Hose waren getränkt. Selbst die Socken in seinen Stiefeln hatten sich vollgesogen. Drei Kanister hatte er schon geleert. Jetzt hob er die Öffnung des vierten über seinen Kopf. Gluckernd sprudelte das Benzin heraus. Anna drehte sich im Schlaf um und murmelte etwas Unverständliches. Hinter der Säule jammerte Fette leise vor sich hin.

Die letzten Tropfen perlten aus dem Tank. Horlacher warf ihn weit von sich. Scheppernd krachte er gegen die Wand, sprang zurück auf den Boden, rollte ein Stück und blieb dann kreiselnd auf der Stelle. Suchend sah Horlacher sich um. Irgendwer mußte es doch gehört haben. War denn Bienzle nicht hier irgendwo? Was nutzte es, wenn er's ihm und den anderen zeigen wollte, und die sahen gar nicht zu?

Bienzle und Hannelore hatten das Geräusch gehört. Von draußen drang das Jaulen eines Martinshorns herein. Einen Augenblick zögerte Bienzle. Dann aber rannte er tiefer in die Passage hinein. Doris Horlacher folgte ihm langsam. Sie bekam in der stickigen Atmosphäre der unterirdischen Gänge kaum Luft.

Arthur Horlacher hatte die Streichhölzer sicher in der Brusttasche seiner Windjacke verwahrt. Ja, er hatte an alles gedacht. Die Schachtel war in eine Plastiktüte gehüllt und mit Gummis umwickelt. Langsam packte er das Schächtelchen aus. Er zog das Bein an und balancierte die Streichholzschachtel auf dem Knie, während er unter seiner Jacke eine Pistole hervorzog. Es war nicht schwierig gewesen, Ersatz für die eingezogene Dienstwaffe zu beschaffen. Die Kollegen gingen achtlos genug mit ihrer Walter PK um. Mit dem Daumennagel entsicherte er die Waffe. Sobald das Feuer aufflammen würde, wollte er sich eine Kugel ins Herz jagen. Er hatte einmal gelesen, dies sei der schmerzloseste Tod. Er legte die Pistole auf das andere Knie und schob die Streichholzschachtel auf. Verwundert registrierte er, das seine Finger zitterten. Er rief sich zur Ordnung, aber die Finger gehorchten ihm nicht.

«Dort vorne!» Bienzle hatte den Benzinkanister entdeckt. Nun ging er auf Zehenspitzen weiter und bedeutete Doris zurückzubleiben. Er erreichte die Säule, an die sich Fette angekuschelt hatte. Horlacher hatte ein Streichholz in den Fingern und versuchte, seine Hände zu beruhigen. Bienzle starrte ihn an. Er zwang sich zur Ruhe und sagte: «O du liabs Herrgöttle von Biberbach – melodramatischer hasch's net mache könne?»

Horlacher fielen die Streichhölzer aus der Hand. Er griff nach der Waffe. «Laß den Blödsinn», sagte Bienzle, «ich hab dei Frau mitbracht. Wenn du dich schon umbringe willscht, dann net vor unsere Auge, verstande!»

Horlacher sicherte mit einer automatischen, tausendfach geübten Bewegung des Daumens seine Waffe. Bienzle wendete sich zu Doris Horlacher um. «Guck dir den an, der muß zuallererscht amal in d'Badewanne!»

Er wollte noch etwas sagen, aber da fegte schon der Hund Balu heran, sprang an ihm hoch und kläffte dabei so laut, daß es durch die ganze Passage gellte.

«Wo kommst du denn her?» Bienzle sah sich um. Hannelore und Gächter erschienen hinter der Säule.

«Was soll denn jetzt au des?» fragte Bienzle.

«Wir haben den Kerbel überführt», antwortete Gächter, «Hannelore, dein Hund, Frau Mader und ich.»

«Leider konnten wir nicht verhindern, daß er Kögel auch noch umgebracht hat», sagte Gächter eine Stunde später im Präsidium. Haußmann, tief frustriert, weil er nicht dabeigewesen und erst im nachhinein als Protokollant hinzugezogen worden war, sagte: «Man hat eben zu viele Sicherheitskräfte abgezogen.»

«Auf Ihren Vorschlag», sagte Bienzle.

Auf dem Besucherstuhl schlief Hannelore. Unter dem Besucherstuhl schlief Balu und gab Töne von sich, die es zuvor, wie Bienzle behauptete, noch nicht einmal theoretisch gegeben hatte.

Am Fensterbrett lehnte Charlotte Fink und diktierte Haußmann alles in den Block, was sie auszusagen bereit war. Mit

152

Peter Kerbel war sie zusammengetroffen, als sie zu Hause abgehauen und in einer Wohngemeinschaft in Tübingen untergekommen war. «Der Kerl hatte Kraft, meinte ehrlich, was er sagte, fackelte nicht lange, tat etwas, solange die anderen immer noch laberten.»

«Er hat Ihnen imponiert?» fragte Haußmann, und Charlotte sagte zu Bienzle: «Ich rede nur weiter, wenn der da seine Laffe hält.» Bienzle machte eine begütigende Geste in Richtung Haußmann.

«Dann kam die Aktion in Oberdenningen.» Haußmann wollte etwas sagen, aber Bienzle stoppte ihn. Das hätte ihm noch gefehlt. Der Überfall auf das Asylantenheim in Oberdenningen war bis zu dieser Stunde unaufgeklärt geblieben.

«Dann die anderen, Sie wissen das ja alles. Hat mir nicht mehr so gefallen.»

Nun fragte Bienzle doch dazwischen: «Warum nicht?»

«Weiß nicht, hat mich einfach nicht mehr begeistert!»

«Ich erklär's Ihnen», sagte Bienzle weich. «Die Opfer konnten sich nicht wehren. Das relativiert solche Heldentaten!»

«Weiter!» sagte Gächter, der um keinen Preis wollte, daß Bienzle zu moralisieren begann.

«Na ja, dann waren wir an einem Sonntag bei Andreas. Ich hab ihn nie gemocht und Peter auch nicht. Aber als der uns zeigte, was er alles im Computer hatte – einen ganzen Mikrokosmos. Der Schloßgarten von Stuttgart als Computerspiel – also da waren wir beide restlos angetörnt!»

«Mhm – ich hab seine Computerspiele auch gesehen», sagte Bienzle leise.

Hannelore kam zu sich. «Gehen wir?» fragte sie.

«Gleich!»

«Weiter!» sagte Gächter.

«Da hatte Peter seine Idee. Das war... das war wie – phantastisch war das. Wir haben zusammengesessen und alles ge-

153

plant. ‹So ein Spiel ist noch nicht auf dem Markt›, hat der Andreas immer wieder gesagt, und der Peter: ‹Die perfekte Aktion, das perfekte Verbrechen. Keiner wird uns draufkommen. Und wir tun noch 'n gutes Werk dabei.›»

Bienzle räusperte sich. Gächter bellte: «Weiter!»

«Als Peter auf die Idee kam, ich soll mich bei den Pennern einschleichen und gleichzeitig versuchen, einen Polizisten...»

«Den streichen wir!» sagte Bienzle.

«Es kommt nicht ins Protokoll», sagte Gächter zu Haußmann. «Die Kollegin Mader ist ja zum Glück damit beschäftigt, den Präsidenten zu unterrichten.»

«Na gut», sagte Charlotte Fink und schwieg.

«Macht nix», meinte Bienzle, «erzähl ich's eben selber: Sie haben sich als Pennerin im Park rumgetrieben und alles das studiert, was der Andreas Kerbel nicht mit dem Fernglas beobachten konnte oder was er versäumt hat, weil er im G'schäft war. Und Sie haben den Horlacher verführt, um ihn auszuhorchen. So wußten Sie immer, was wir vorhatten. Peter und Andreas hatten's dann eigentlich ziemlich leicht, die Pläne zu machen und auszuführen.»

Charlotte nickte. Das war die Version, auf die sie sich einlassen wollte.

«Und letzten Sonntag?»

«Peter ist nicht gekommen.»

«Und Andreas?»

«Der war so scharf drauf, es einmal ganz alleine zu machen – keine hundert Freunde hätten ihn davon abgebracht.»

«Und er hat nicht mal einen», sagte Bienzle.

«Es war ein Fehler.» Charlotte stützte den Kopf in die Hände und verdeckte die Augen.

«Aber Sie sind froh, daß er ihn gemacht hat, oder?» Das kam von Hannelore.

Charlotte nahm die Hände vom Gesicht und hob langsam den

Kopf. Sie sah Hannelore direkt in die Augen. Dann nickte sie.

Frau Mader kam herein. «Der Herr Präsident sagt...»

«G'schenkt!» unterbrach sie Bienzle. «Kommet ihr zwei, wir gehn!»

Gemeint waren Hannelore und der Hund. Hannelore gefiel das nicht.

Horlacher lag in der Badewanne. Seine Frau lehnte am Türrahmen.

«Wirst du mir das verzeihe könne?» fragte Arthur Horlacher.

«Ich weiß nicht!»

«Aber...»

«Laß es. Wir müssen's nicht heut entscheiden. Ich brauch Zeit zum Nachdenken.»

«Und die Buben?»

«Die fragst am besten selber.»

«Da fürcht ich mich am meisten davor!»

«Mit Recht!» sagte Doris Horlacher und ging hinaus.

Als Bienzle und Hannelore ihre Wohnung betraten, sagte der Kommissar: «Und wie bist du in den Park gekommen?»

«Frau Fink hat mich irgendwie auf die Idee gebracht.»

«Wenn ich denk, was dir hätt' alles passieren können.» Bienzle nahm sie in die Arme.

«Was meinst du, wie oft ich das denken muß?» sagte Hannelore.

Der Hund heulte vor der Tür. Sie hatten ihn glatt vergessen.

Bienzle öffnete und sagte: «Entschuldigung, Herr Hund!» Balu kam herein und sah Bienzle so vorwurfsvoll an, daß man nicht davon ausgehen konnte, er habe die Entschuldigung angenommen.

Felix Huby

Ernst Bienzle, 37 Jahre alt, 1,88 Meter groß, mit Brille und Phlegma und Bauchansatz, mit einer Schwäche für Sauerbraten mit Spätzle und Soße, Kriminalhauptkommissar und Leiter der Stuttgarter Mordkommission, verheiratet, ein Häuschen am Stadtrand....

Mit dieser Figur des schwäbischen Gemütsmenschen ist **Felix Huby**, ehemaliger Spiegel-Korrespondent, mittlerweile erfolgreicher Drehbuchautor («Oh Gott, Herr Pfarrer»), einer der bekanntesten deutschen Krimiautoren geworden.

Ach wie gut, daß niemand weiß...
(thriller 2446)
«Das ist nicht nur ausgetüftelt oder nachgeschrieben - das ist spontan erzählt. Das Muster ist erreicht. Das kann der deutsche Krimi sein.»
Frankfurter Allgemeine Zeitung

Der Atomkrieg in Weihersbronn
(thriller 2411)

Sein letzter Wille
(thriller 2499)
Optiker Kissling kämpft gegen die Baumafia in seiner Kleinstadt - bis er eines Morgens mit einem Genickschuß tot gefunden wird...

Schade, daß er tot ist
(thriller 2584)
«... der beste Huby, der bisher erschienen ist.»
Frankfurter Allgemeine Zeitung Magazin

Tod im Tauerntunnel
(thriller 2422)

Bienzle stochert im Nebel
(thriller 2638)
Oberflächlich betrachtet tut Hauptkommissar Bienzle tut nichts: Er fragt ein bißchen, er redet ein bißchen und hört zu...

Bienzle und die schöne Lau
(thriller 2705)
Einen Mörder, der sich beim Mordanschlag selbst ermordet, hat es in Bienzles Laufbahn noch nicht gegeben...

Bienzles Mann im Untergrund
(thriller 2768)

Bienzle und das Narrenspiel
(thriller 2872)
Alte, Kinder, Männer und Frauen in den buntesten Kostümen schieben, stoßen, rennen, tanzen durch die Straßen - und ein ausgebrochener Sträfling darunter, der Rache nehmen will...

Bienzle und der Sündenbock
Kriminalstories
(thriller 2958)

Fred Breinersdorfer

«Spontis, Freaks und Ökopaxe haben einen neuen Helden. Der Stuttgarter Hinterhofanwalt Jean Abel ist so ganz nach ihrem Geschmack. Erfunden wurde der sympathische Outsider, der einen schrottreifen Ford chauffiert und dreckige Jeans trägt, von **Fred Breinersdorfer**, einem anerkannten Rechtsanwalt in Sachen Numerus clausus.»
Münchener Merkur

Der Dienstagmann
(thriller 2685)
Auf dem nächtlichen Heimweg vom Betriebsfest wird Tilly Moslech überfallen und vergewaltigt. Kommissar Holz stößt auf alte Akten und den sogenannten «Dienstagmann»... Vom ZDF erfolgreich verfilmt.

Frohes Fest, Lucie
(thriller 2562)
Lucie Kerst wohnt im Haus ihrer Tante idyllisch ländlich. Bis das Grundstück für ein Großbauprojekt gebraucht wird. Jetzt wird Lucies Leben zur Hölle... «Ich fühlte mich, gern gebe ich es zu, an Chandler erinnert - oder an Simenon.» *Alfred Marquart im Süddeutschen Rundfunk*

Das kurze Leben des K. Rusinski
(thriller 2538)

Das Netz hat manchmal weite Maschen *Stories*
(thriller 2642)
«Diese zehn Kurzgeschichten stellen erneut unter Beweis: Breinersdorfer zählt zu den talentiertesten und interessantesten Krimiautoren hierzulande.» *Madame*

Noch Zweifel, Herr Verteidiger?
(thriller 2621)
Als Silke Weiss auf die Bremse tritt, passiert gar nichts. Ihr Wagen überschlägt sich, sie stirbt im Krankenhaus. Aber ist der Automechaniker, der das Auto überholt hatte, schuldig?

Reiche Kunden killt man nicht
(thriller 2517)

Schlemihl und die Narren
Erzählungen von Verbrechen
(thriller 2792)

rororo thriller

Hansjörg Martin

«**Hansjörg Martin** ist eine Person von historischer Bedeutung. Was Raymond Chandler für die amerikanische Kriminalliteratur war, ist er für die deutsche geworden: man kann ihn ohne jeden Zweifel als ihren Vater betrachten. Sein Roman *Gefährliche Neugier* löste 1965 ein Genre aus, das man lange danach, den neuen, den modernen deutschen Kriminalroman nannte.» Rudi Kost in «Schwarze Beute»

Eine Auswahl der thriller von Hansjörg Martin:

Bei Westwind hört man keinen Schuß
(thriller 2286)

Betriebsausflug ins Jenseits
(thriller 2535)
Eine Seefahrt, die ist lustig... Wenn mehrere Personen finstere Pläne schmieden, kann eine Seefahrt auch tödlich sein.

Blut ist dunkler als rote Tinte
(thriller 2190)

Dein Mord in Gottes Ohr
(thriller 2590)
«..gescheite Dialoge, Witz und stimmige Charaktere.» Welt am Sonntag

Gefährliche Neugier. Kein Schnaps für Tamara. Einer fehlt beim Kurkonzert
(thriller 2972)

Gute Messer bleiben lange scharf
Kriminalstories
(thriller 2635)

Mallorca sehen und dann sterben
(thriller 2270)

Der Rest ist Sterben
(thriller 2900)
Schwester Cosima ist eine allseits beliebte Person mit untadeligem Lebenswandel. Deswegen trifft es alle wie ein Schock, als man sie erdrosselt in ihrer Wohnung findet...

Der Kammgarn-Killer
(thriller 2481)
«Martin hat seine Mischung aus skurriler Beobachtungsgabe und feuilletonistischer Detailbeschreibung, aus witzigen Einschiebseln und originellen Sprachspielereien beibehalten.» Saarbrücker Zeitung

Seine besten Stories
(thriller 2911)

Das Zittern der Tenöre
(thriller 2618)

Süßer Tod
(thriller 2877)
Direktor Hebestreit ist entsetzt. In seiner Viehzuchtgenossenschaft findet man eine Leiche. Und gerade jetzt kann er schlechte Publicity nicht gebrauchen...

rororo thriller